中公新書 2289

千次著

老いの味わい

中央公論新社刊

老いの味わい　目次

Ⅳ　転ばぬ先の前傾姿勢　153

Ⅴ　年齢は常に初体験　203

老いの味わい

Ⅰ　人生ノートの余白

歳月重ね、捨て難き物たち

歳を取るとはそれだけの長い歳月を生きて来たということだから、老いたる人々は当然その間に様々なものを溜め込んでいる。

それは経験であり、知恵であり、様々の能力であり――などといえばカッコイイけれど、実は遥かにムダでメンドウで後悔の種になるような多くのものも身の内に蓄えてしまっている。

子供の頃、よく遊びに行く親戚の家があった。いつも叔母が居間の長火鉢の横に坐《すわ》っていたが、その背後の鴨居の上の棚に、ぎっしりと紙の箱が積み上げられているのを眺めていた記憶がある。形や色も違う箱には何かが仕分けされ、整理されてしまわれているのだろう、と見る度にぼんやり想像したものだ。

こちらが大きくなり、叔母も老いてからのある日、棚に積まれて今や天井につかえそうになっているそれらが、すべて空箱《あきばこ》であると知らされてびっくりした。いつか何かに使うことが起るかもしれないでしょう、というのが叔母の言い分だった。

一緒に住んでいたわけではないから細かな変化はわからないけれど、実際にそれらの箱が使われたり、積み方が前とは大きく変ったりしたことはなさそうだった。そして更に時の経《た》った後、あれは実は空箱ではなく、中には叔母の生きた時間がぎっしり詰まっていたのかもしれない、と気がついた。その頃、叔母はもう病みがちであったけれど——。

似たようなことはしかし自分もやっているらしい、と身辺を眺めまわす気分に迫られるのに時間はかからなかった。叔母の家の居間の棚に積み上げられていた空箱と同種のものが、自分の仕事部屋にたっぷり溜っている。箱ではないが、書類袋の束や手提げ袋にはいった種々の資料、ファイルの数々、使わなくなったパイプや旧式の写真機、開けることもない古いアルバム、中が黄色に変色してしまった古雑誌……。今後役に立つことなどまずありそうもない数々の品が、叔母の家の棚にあった空箱に近い表情であちこちに蹲《うずくま》っている。いつ捨ててもいいと考えているだけに、かえって捨てることの出来なくなった腐れ縁につながれた物たち。

そんなふうにして身辺に棲《す》みついてしまった物の整理は、まことに困難である。無用のつまらぬ品であるほど変な執着が湧く。思い切って捨ててしまえばそれだけの話であるかもしれないのに、長年身の近くにあった物を失うと心のバランスを失い、とんでもないことが起るかもしれない、との不安に襲われたりする。歳月の埃《ほこり》の滲《し》み込んだ品々は、ほとんど歳月と同じ意味と重みを身の内に宿しているような気がしてならない。つまり、使うことがないからといって簡単には捨てられない。

とはいっても、実生活の上ではなんとか手を打たねばならぬ事態に出会う。仕方がないので重い腰を上げ、最小限の整理に乗り出す羽目に陥る。

そこから先が、また大変なのである。捨てたくない物を目をつぶって捨てることはまだ出来るかもしれない。しかし決断して処分を行った後の場所がそのまま空白として放置されることはなく、新しい物がそこに移されたり、入れ替えが起ったりすることは避けられない。雑然と積み上げられていた品々が仕分けされ、整然とした姿に変って再登場するのを眺めるのは気持ちがいい。

しかしこの新秩序は、古い状態を壊して生れたものに他ならない。古い状態に馴染《なじ》んでいた身は、この変化になかなか追いつけない。つまり、整理され、居場所が変ったために、求める物を探し出すのが著しく困難となる。そのようにして、無用の物を捨てたばかりに必要な物が行方不明になる、といった事態にこれまで幾度も追い込まれて来た。古い記憶は残っても、新しい記憶はすぐ消える。つまり忘れてしまう。年寄りによる整理は、時には自分自身まで見失いかねぬ危険な作業である、と自戒し無用な品々に囲まれて暮している。

無為の一日の後味

夜も遅くなりそろそろ寝ようかと思う頃、一日を振り返って、今日は何もしなかったな、と後味の悪い気分を嚙《か》みしめることがある。初めから何もせずに休養にあてるつもりの日であったのなら、そんな後悔はする筈《はず》がない。

今日はあれを片づけよう、この仕事をやろう、と予定を立てながら、取り掛るのが面倒なままにずるずると時を過し、午前が午後になり、午後が夜になり、晩飯が終ればぼんやりテレビを視てしまったりして、結局は諦《あきら》めに身をまかせつつ一日を終えることが少なくない。うっかりするとそんな日が連続し、頭も身体も使ったわけではないのに、無理を承知でハードな仕事に取り組んだ日よりも一段と疲れている、といった事態を招きかねない。この無為の疲れには、焦《あせ》りと苛立《いらだ》ちの味が染み込んでいる。なにやら大変な仕事を果そうとする場合の話ではない。たとえば、机の周辺を少し片づけようとか、古い雑誌を整理しようとか、本棚の本を一部入れ替えよう、などといったごく簡単な作業についての話なのである。

いつでも出来るのだから今すぐでなくてもいいだろう、と考えるあたりから、先送りという名の怠慢は始まる。この傾向は年寄りに限られたものではないかもしれない。若くても物臭《ものぐさ》や無精《ぶしょう》な人間はいる。しかしそれは性格上の特性として考えられる。

それに対して歳を取ってからの怠惰は、性格上の問題であるというより、むしろ老化現象の一つであると受け止めるべきではなかろうか。年寄りは、何かをすることがひたすら億劫《おっくう》なのである。どうも身体より先に気持ちが蹲ってしまい、動こうとしない。

そして悪いことに、その面倒臭さを正当化し、弁護してくれる口実が用意されている。つまり、こちらはもう年寄りなのだから、以前のように気軽に身体を動かし、仕事に対処するわけにはいかないのだ、との弁解が成立すると思っている。その言い訳は、半分は根拠のあるホントのことであるけれど、後の半分はウソである、といわねばなるまい。

半分のホントとは、世の中の暮しの在り方が急激に変ってしまったために、年寄りはそれにうまく追いつけないといった事情である。様々なチケット類や商品の購入における機械化、自動化、また電気製品の技術の進歩による扱いの複雑さや多機能化、等々の変化に老人は容易についていけない。それが年寄りを引込《ひっこ》み思案にし、ひいては怠惰に追い込んでいく面がある。

もう半分のウソについていえば、初めから年齢の上にあぐらをかいて億劫をきめこみ、やれば出来るかもしれないことを放棄してしまう傾向がある。

やろうとしても本当に身体が動かない場合は同情の余地があり、仕方がないと納得するけれど、出来るか出来ぬかを確かめる前に、初めからやろうとする気持ちを持とうとしないのはおかしいのではないか。しかし億劫さを言い立てて身体を動かそうとしない折の気分は、後ろめたさを覚えつつもしばしば自分で味わうものであるだけに、否定し難いリアリティーを持つ。

考えてみればこの態度は、身体より先に気持ちの方が老い込んでいくことを示している。かつて高齢者の集りに出た際、歳を重ねて身体が衰えていくのは仕方がないけれど、せめて精神だけは若く保ちたいものだ、と発言する出席者がいたのを思い出す。その趣旨には共感するけれど、しかしカラ元気ではなく本当に気持ちを若く保つのは、身体を若い状態に維持するのと同じくらい、いやそれ以上に難しいことであるのかもしれない。

何かをしようと予定を立てながら、結局は何もしなかった無為の一日を終える際の後味の悪さには、どろりと澱《よど》んだような苦さがある。やろうとして力を尽くし、老齢故に失敗したり目的を果せなかったりした折の落胆や失望は辛いものではあるけれど、どこかにきりっとした爽《さわ》やかな辛《から》みが隠れている。苦さと辛みの間を揺れながら、老いの日は進んでいく。

様々な老夫婦の眺め

ある日の午前中、クリニックの待合室に坐っていた。混むというほどではなかったが、診察を待つ患者と、健康診査を受けに来たらしいややゆとりのある人との二種類の人間がそこにいるようだった。

患者のほうは比較的若く一人で来ているケースが多いのに対し、健康診査を受ける方は夫婦らしいカップルが主力であるらしいのに気がついた。市が実施する高齢者対象の健診であるために、そちらはいずれも年配者である。

妻にあれこれと指図されながらうるさそうに従う老いた夫もいれば、ほとんど口も開かずに手だけで老妻に何かを命じようとする夫もいる。とにかく二人揃《そろ》って健診を受けるべくクリニックに来た以上、老いてはいてもそれだけ共に生きた時間は長いのであり、どちらかが欠けて独りになった人に比べれば幸せなのだろう、と考えながら検査の順番がまわって来るのを待っていた。

そのうちに一組、とりわけゆったりと長椅子《いす》に並んで腰をおろし、時折なにやら語りかけたり、静かに笑ったりしている夫婦に目がとまった。いわゆる後期高齢者に属すると思われる二人は、待たされることに苛立ちも見せず、悠然と構えている。夫は勤め人だとしたら役員を経験し、更に幾《いく》つかの名誉職に就いた後、今や穏やかで豊かな日々を過している、とでもいった雰囲気が二人の間に漂っていた。赤いチェックのマフラーをブレザーの肩にかけ、脱いだキャメルのコートを膝《ひざ》に置いた老人は、色鮮やかな羽根に包まれた雄の鳥を想像させ、黒っぽい服を身に纏《まと》った老夫人は相手に控えめな反応を示している。二人の間に意志は充分に通い合っている様子だった。

豊かな老後とは、こういうカップルのような人々を指すのであろうか、と遠くに姿の良い山でも眺めるように二人を見守っているうちに、検査の部屋に呼ばれたらしく、二人の姿は長椅子から消えた。

ある日の昼過ぎ、ファミリーレストランの窓際の席に妻と坐っていた。近くの輸入食品を売る店に買出しに来たついでに、そこで昼食をすませるつもりだった。

隣のテーブルに、こちらと似た年配の男女、つまり老夫婦と思われる客が案内されて来た。ランチを注文した二人は、その後ほとんど口を開かずに向い合って坐っていた。それでいてつまらなそうでも不機嫌でもなく、ただ用がないから黙っているといった自然な空気がテーブルの上に生み出されていた。完全なる夫婦とはこんなカップルのことをいうのだろうか、と想像したりした。

ある日の夕暮れ、散歩からの帰りに住宅地の四つ辻を突切《つっき》ろうとした。交差する道の左側から、もう若くはない一組の男女がなにか話しながら四つ角に近づいて来る。大柄な男と肉づきのいい女の組み合わせだが、間近になって見るといずれもかなりの年配と見受けられた。二人とも身体が大きいだけに若く感じられたのだろう。夫婦という証拠はないが、なんとなくそう思った。道の角に迫った時、急に二人の声が大きくなった。言い争うようでもあった。そこでぷつりとやりとりの声は断たれた。ちょうどその時、こちらも四つ角にさしかかった。

道を横切ろうとして二人の去った方を振り向くと、大柄な老人と太った老女とが、それぞれ知らん顔をして道の両側に別れて歩いているのが目にはいった。喧嘩《けんか》別れとも見えたけれど、その振りをしてそれぞれが道の左右の端を進んでいるようでもあった。大きな老いた子供が歩きながら路上で遊んでいるようにも見えた。面白くていいな、と思った。

かつて、定年を迎えた初老の男が「濡れ落葉」と呼ばれた時期があった。その後、男が少し元気になって、男女共学風の老カップルが多くなった。老いたる夫婦は多様な展開を遂げ、いろいろな姿を見せている。偕老同穴《かいろうどうけつ》とか、翁《おきな》と媼《おうな》とか、共白髪《ともしらが》とかいった世界とはかけ離れているけれど、時代が変ったのだからこれは当然なのだろう。

モノクロームの群れ

時折、街を歩いていてこんな光景に出会うことはないだろうか。主として路上であり、地下道であったりもするのだが、レストランなどを出て来たあたりに五、六人から十人くらいのもう若くはない男達が群れて、なにやら相談している。歩道を塞《ふさ》ぐ形になりかねぬので、気のついた一人が仲間の腕を引いて道端によけさせたりする。

やがて話が決ったのか、一群はどこかに向けてぞろぞろと歩き出す。たまには一人、二人が群れから別の方向に離れて行くこともあるけれど、ほとんどが行動を共にする。夜ではなく、あまり遅くない午後である。七十代から八十代にかけての老人達で、男ばかりで女性は含まれない。そのモノクロームの人影が群れの性格を示している。クラス会か同期会などの終った後、このまま解散するのは物足りぬので、どこかでお茶でも飲みながらもう少し話そうか、といった類いの相談をする場面であるらしい。

そこに女性が含まれないのは、まだ本格的な男女共学が始まっていなかった世代だからではないか、と自分のことを振り返って想像する。敗戦後の学制改革により、旧制の中学校・女学校が新制高校に切り替えられて男女共学が導入されたのは一九四八年（昭和二十三年）だったから、学校によって多少のばらつきがあったにせよ、当時十代半ばであった少年達は今や七十代には達し、しかも同じクラスの中にまだ女生徒がいなかったケースが多いのではあるまいか。自分がその道を辿《たど》って来ただけに、男ばかりの老人の集りを見かけると、なんとはなしに親しみを覚えて足をとめる。

また、こんな場面にぶつかることもあるだろう。昼飯時にデパートの上階にあるレストランフロアの鰻屋《うなぎや》に入ったところ、低い衝立《ついたて》を隔てた隣の席で六人ばかりの老人グループが食事をしながら歓談している。男性ばかりで、ネクタイを締めている姿は見当らず、髪は白かったりほとんどなかったり、といったメンバーが楽しげに語り合っているのだが、うちの二人は補聴器をつけている。

そういう席の常として、他よりやや高い声で陽気に一座をリードする者があり、それに相槌《あいづち》を打ったりチャチャを入れる者がいる一方、にこにこと笑いながらほとんど口を開かない老人もいる。少年時代から、こういった役割分担は変らないのではあるまいか、と思わせる雰囲気が穏やかに漂っている。

話題はとりとめもなく、酒が飲めなくなった、とビールのコップを口に近づけながら呟《つぶや》く者がいる傍《かたわ》らで、甘い物についての好みを弁じ立てる者がいる。昔の話に花を咲かせるふうもなく、ただ漫然と現在の健康状態や暮しぶりについて語り合っているだけなのに、皆の背後に暗黙のうちに学校時代という共通の過去が横たわっている印象を与えられる。

そんなグループが、あたかも自然現象のように、街のあちこちで目にとまる。

似たグループは女性についてもある筈だが、男性だけの群れの方が多く目につく。女性の場合は年齢が剥《む》き出しになりにくく、その分だけ老いの集いといった感じが薄められているのだろうか。

それはともかく、この七十代後半あたりを中心にした男性達の午後の群れには、なにやら独特の空気がつきまとう。時には賑《にぎ》やかな笑い声がたつこともあるけれど、総じて穏やかで、どこかひっそりとした長い影を引いているようなところがある。街に顔を出せるのだから元気ではあるのだろうが、聞いてみれば誰も一つや二つの健康問題を身に抱え、検査中であったり、経過観察中であったりもする。

妙に張り切り過ぎず、慎ましやかで、陽気ではありながらも動きの鈍いその種の群れに、同世代者の一人として親しみを覚える。お元気で、と声をかけ、また来年会いましょう、と挨拶《あいさつ》を送りたい気持ちが静かに動く。

厄年という特権

新聞や雑誌で見かけ、ふと興味を引かれたり疑問を覚えたりした文章を切り抜き、スクラップノートに保存している。多くの人がやっていることだろうが、この営みには幾つかの問題点がつきまとう。

たとえば、時間がないので精読は後まわしにして、とにかく保存だけはしておこう、とスクラップノートの透明なポケットに切り抜きを収めるが、そのまま忘れてしまい結局は未読のものをただ死蔵するにとどまる。

たとえば、時が経ってからふと思い出し、あの記事がとってあった筈だと古いスクラップノートを探すのだが、求めるものにうまく出会えるケースは稀《まれ》である。

保存したつもりでいても、実は切り抜くことを忘れている場合もある。実際に収納はしていても、いつ頃の記事であったかの見当がつかず、スクラップノートを幾冊も調べる根気が続かない。

ともかくそんなふうにして、当初は時期別や内容別に整理されて書棚に収められていたものがやがて棚に溢《あふ》れ、床に積まれたり段ボール箱に入れられたりして溜り続ける。さすがに放置もならず、紙も変色しかけたような二十年前、三十年前の切り抜きは処分することにした。

そして一冊のスクラップノートをなにげなく開くと、「厄年《やくどし》ってナニ？」と題した連載記事の切り抜きが、十数枚重ねてビニールのポケットに収められているのにぶつかった。一九八四年（昭和五十九年）十月十七日の読売新聞（朝刊）の記事である。

それを見てまず襲われたのは、そうか、厄年というものがあったのか、との感慨であった。そこから自分が遠く離れてしまったことを強く感じた。かつて、厄払いと称して似た歳頃《としごろ》の物書きや編集者などが誘い合い浅草に繰り出したことがあったのを思い出した。四十代の終り頃だったろう。

あの頃は、少なくとも健康に関してはとりわけ問題のないのが普通であり、そこで病んだりすれば厄に会ったことになったに違いない。としたら、厄年なるものに出会えるのは、まだそれなりの若さの特権でもあったといえよう。

広辞苑で調べてみると、厄年とは数えで男が二五・四二・六一歳、女は一九・三三・三七歳などという、と記されている。詳しくはわからぬが、男は六十代にさしかかった頃に厄年の終りが訪れる、と見当をつけていいのだろうか。

もしそうなら、男は六十代にはいれば厄年から解放されるというのではなく、むしろ逆にもう毎年が禍《わざわい》に出会う可能性に溢れているので、特定の年齢を厄年と定める必要などなくなる、と考えるべきなのかもしれぬ。いや、昔は六十を過ぎれば多くの人は生を終えてしまうので、厄年の心配などしなくてよかったのかもしれない。いずれにしても、古いスクラップノートの中で出会った「厄年」という言葉が妙に若々しく感じられ、どこか羨《うらやま》しいようにさえ思われたことに我ながら驚かされた。

「厄年ってナニ?」が掲載された一九八四年は今から四半世紀以上も前に当る。まだバブル崩壊の前であり、肉体的にも精神的にも疲労を抱える中年層を「厄年」という視点で輪切りにしてみせたこの企画記事には、いろいろと興味深い点があった。

帝人株式会社の広報誌「テイジン」に掲げられた言葉に関するイメージ調査によれば、同社の平均年齢二二・八歳のＯＬの持つ「中年」イメージは平均四一・〇歳であり、同じく四七・三歳の中高年男性社員にとっての「中年」は四三・八歳だった。「高年」イメージはＯＬにとっては五五・四歳であり、男性からみれば六二・〇歳であった。四半世紀の間に「高年」の印象は大きく変った。今は当時より十歳程は引き上げられているに違いない。

整理・処分するつもりで昔のスクラップノートをめくっていると、いつか自分自身が古い一冊のスクラップノートになってしまったような気分に襲われ、また捨てられなくなった。

輪郭さえない物忘れ

歳を取る、と一口にいうけれど、それには様々の段階があるらしい。

人の名前や土地の呼び名などを忘れて思い出せないのはもう当り前のことであり、八十に近い同年配者の間では、物忘れは最早《もはや》話題にもならない。そんなことが気にかかるのは老いの入り口にさしかかった頃で、自分が老い始めているのをぼんやり意識する。最初は冗談のように笑いながら話しているが、やがてふと記憶力の衰えを気にかけたりするようになる。正当な気がかりであり真摯《しんし》な自覚であるといえようが、そこにはまだゆとりが残されている。物忘れは決定的な障害とはならず、調べようと思えば身近な人に訊《たず》ねたり、自分で資料を探ったりすれば答えは見出せる。つまり、形のはっきりした輪郭の確かな物忘れ、ということになろう。

しかし時によっては、自分が何を忘れ、何を思い出そうとしていたか、その内容自体を忘れて見失ってしまうこともある。何かを思い出そうとしていた、という前屈《かが》みの姿勢の余韻だけは身の内に残っているのに、それがどんなものであったかが霧の中にぼやけてしまっている。そんな時は早々に諦めてしまうしかない。もし本当に必要な事柄が忘れられているとしたら、どこかから警告を受けるか、誰かが注意してくれるだろう、と腹を決めてしまう。そのくらいの覚悟がなければ、本格的な物忘れには対処出来まい。

自分のしたこともすぐ忘れるので、仕事部屋の整理や資料の片づけなどするのが恐ろしい、と前に書いたことがある。置き場が変ったのにそれが思い出せないため、必要なものが行方不明になってしまう心配があるからだ。

それとはまた違うのだが、どこか通ずるところもありそうな出来事に最近ぶつかった。仕事机に向っていて、今手に取って見たばかりの一枚の書類が忽然《こつぜん》と消え失《う》せた。読んでいたのはすぐに返事を出す必要のある手紙であり、消え失せたのは同封されていた横に長細い紙片で、そこにはこのようなことをこのような形で記入して欲しい、との希望とそのモデルの書式とが印刷されていた。

返事を書こうとして、原稿用紙よりかなり大きめな枡目《ますめ》の印刷された返信用の紙を机に置き、どのように書けばよいのか、と先刻見たばかりのモデルの書式を確かめようとした時、その一枚の紙片がないことに気がついた。

いうまでもなく、机の上は本や雑誌や書類などでごった返している。そのどこかに紙片が紛れ込んだ可能性はあるが、直前にそれを読んでから机の上のものを動かした覚えはない。下に落ちてはいないか、と椅子を動かしてみたが床には何もない。あらためて、机の上の一件の書類を一枚ずつ調べ、大型の封筒まで中をあらためたが求めるものはみつからない。ほんの先刻、自分の目で見たばかりのものがどこにもないことが信じられない。手品でも見せられた気分で、ただ茫然《ぼうぜん》と坐っているしかなかった。

次に驚いたのは、もう探す気力も失って広がっている書類を机から取り上げ、封筒に戻すべくなにげなく眺めた時、記入用の大きな枡目の印刷されている紙の上部に、探していたモデルの書式が印刷されているのを発見したからだった。つまり、横に細長いモデルを示した紙は、独立して別に一枚はいっていたのではなく、返事を書く枡目のはいった紙の上部に印刷されたものだったのだ。

しばらくは自分の目が信じられぬ気分だった。しかし、あるべきものがあるべき場所に収まった安心感が身に湧くと、思わず笑い出していた。そしてこの勘違い、思い込みの強さは、もしかしたら物忘れの激しさの裏返しなのではあるまいか、との考えがふと浮かんだ。物忘れしたその空白を、年寄りは勘違いや思い込みによって必死に埋めようとしているのかもしれない。どちらも困ったことではあるけれど――。

触れてはならぬ「元気と病気」

歳を重ねるにしたがって、人に会った際の挨拶のコトバが変ってくることに気がついた。

五十代くらいまで、働き盛りからそのあたりまでは、お互いに「お忙しいですか」と声をかけ合うことが多かった。

元気で盛んに仕事をしているような相手は、「おかげさまで」と満足げに応じたり、「まあ、ぼちぼち」などと曖昧《あいまい》な言葉で挨拶を返したりすることが多かった。これは仕事の量や密度について具体的に訊ねているのではなく、順調に日を過しているかを確かめる程度の呼びかけであったのだろう。

こんな場合の「忙しさ」は天気を指す言葉と似たようなものであり、好《よ》い陽気になりましたねとか、晴れて気持ちがいいですねとか、声をかけるのとほとんど変らない。

しかし高齢と呼ばれるような年齢が近づくにつれ、似た歳頃の者同士の間では「お忙しいですか」などと声をかけることはめっきり少なくなった。定年で勤め先を離れたり、次の仕事についたとしても以前のようには働いていない場合が多いからであるかもしれぬ。つまり、暮しの土台は仕事から別のものへと移ったのだろう。

そして「忙しさ」のかわりに登場するのが、健康に関する挨拶のコトバである。とはいえ、「お元気ですか」とストレートに質問するわけではない。高齢であれば「お元気」であるケースはそう多くないのであり、元気どころかどこそこがどのように具合が悪く、どこそこにはいかなる問題があるか、などを細々と知らされる羽目に陥りがちである。その種の質問を病後に受けた時、自分が嬉々《きき》として病状について話したがっているのに気づいたことがある。何かが体内から流れ出て行きでもするかのような快感を覚えたものだった。しかしそれでは、挨拶の応答の域を越えた病気の話になりかねない。

したがって、相手が答えねばならぬ質問の形ではなく、「お元気そうですね」とこちらの印象を伝える形をとるほうが好ましいのではないか。それでも相手は「お元気」ならざる問題点をあげてみせるかもしれないが、直接問いかけられたのではない分だけ、儀礼上の応対へと多少遠慮気味な口振りになってくれそうな気がする。

いずれにしても、壮年期までの仕事に相当する挨拶の素材が、高年期にあっては健康へと変っていることは間違いない。壮年期にあってはそれなりに忙しく働くのが好ましいのだから、「お忙しいですか」とどこかに同情の色を滲《にじ》ませながらも肯定的な気配のこもった声をかければよかった。

ところが高齢者の場合には、相手によってコトバを選ばねばならない。見るからに調子の悪そうな相手に「お元気そうですね」と白々しい挨拶をするわけにはいかないし、また本当に元気イッパイの老人にお元気ですねと言ったのでは、場合によっては皮肉ともとられかねない。工夫が必要であるに違いない。

健康とは直接結びつかぬ場合もあるけれど、間をおいて会った人の外見が気にかかる折もある。重そうに肥《ふと》っていたり、急に痩《や》せたりしていることがあるからだ。「お痩せになったのではありませんか」などと訊ねるのはしかし止《や》めたほうがいい。以前、そう質《ただ》されて急に不安を覚えた記憶がある。自分では気づかぬどこかに異常が発生し、それが原因で痩せ始めたのに、まだ本人が知らぬだけではないか、と心配になったからである。

年齢には結びつかないけれど、肥った痩せたについて挨拶で触れたりせぬほうがいいらしい。とりわけ女性に関しては、事実に関係なく、決してそのことを口に出してはいけない、と厳しく教えられたことがある。ダイエットが強く叫ばれる昨今の風潮を考えれば頷《うなず》ける。

では老人に対して言ってはならぬコトバはなんだろう。それはやはり「元気と病気」を巡るコトバではなかろうか。一番気にかかり、一番求めているものだからに他ならない。

物忘れは貴重な試練

歳を重ねるにつれ物忘れが激しくなることについては前にも書いたけれど、その周辺の出来事を巡って少し書き足しておきたいことがある。

この夏の猛暑の続くある日、外出しようとしてふと迷った。向う先はネクタイが必要なほど改まった席ではなかったが、ポロシャツ一枚で出かけるほど気楽な場所でもなかった。襟《えり》のある半袖シャツに、冷房が効きすぎる場合に備えて薄いジャケットくらい持たねばならない。その際、シャツの下にランニングのような肌着を着るべきか、あるいはシャツ一枚に上着を手にして行くべきか。

かつて肌着なしでシルクの半袖シャツのみを着て外出したところ、汗をかくとそれがシャツに染み出て全体が斑《まだら》となり、閉口した覚えがある。

また一方、薄地のシャツを通して下の肌着が見えるのも面白くない。そこでふと思い出したのが、フランス人の映画俳優の言葉だった。彼はワイシャツの下に何か着ているかと質問された折、「リアン」と一言答えたというのである。何も着ていない、という強い否定の返事だった。カッコイイナ、と感心しながら、浅黒い精悍《せいかん》な顔つきのその俳優の名前を頭に呼び起そうとした。——ここまでは長い前置きである。

滑る物が指の隙間《すきま》から洩《も》れるようにして、その名前がどこかに落ちて出て来ない。とりわけファンではないが、しかし忘れてよい名前ではない。一度そうなると容易に思い出せないことは経験から知っている。そして思い出せない間は、ずっといらいらし続ける。記憶のすぐ裏側まで相手は浮かんでいるのに、いざそれを摑《つか》もうとすると逃げられる苛立たしさに耐えていなければならない。

名前の終りに「ン」がついた筈だというあたりまで記憶を追いつめても、フランス人のそんな名前は幾らでもあり、ヒントにはならない。その俳優がテレビのコマーシャルに出ていたウェアのブランド名はすらりと口に出るのに、人物の名前が出て来ない。

そんな場合、いつもならあれは誰だったかと身近な人間に訊ねて教えてもらうのだが、その名前を忘れているのに気づいたのは、一人で夜道を歩いている時だった。仕方がないので、思い出せぬ名前を踏み続けるようにして歩いた。それがいけなかったか、身に食い入るようにして沈み込んだ名前は容易に浮かんで来ない。帰宅してから当の質問を口に出さなかったのは、意地になっていたのだろう。

その状態がしばらく続くと、こうなった以上は人に訊ねて教えてもらうのではなく、なんとでもして自力で思い出してみせる、との気持ちが強くなった。何かが奥歯の間に挟まった気分に耐えつつ、一日に幾度もその名前を求めて目を虚空に泳がせた。

そしてある日、まことにさりげなく、求めていた名前がするりと口に湧いて出た。姓にも名にも「ン」がついていた彼の名前を嚙みしめるようにして勝利の気分を味わった。一週間ほどの苦労を経た後に、思い出す力が蘇《よみがえ》ったことを喜んだ。もしかしたら、それは物忘れの動きに拮抗《きっこう》する、思い出す力の復活かもしれない、と考えたりもした。

どうしたらそうなるのか。答えはひとつ——諦めたり、人に教えてもらおうと頼るのではなく、ただひたすら思い出せぬ状態に耐え、それを自分で支えるしかなさそうである。

その後、もう一度同じような事態にぶつかった。今度は日本人の若い女性三人組のコーラスグループ名がまたどうしても出て来ない。あまりに有名な呼び名であるだけに焦りは大きかった。しかし今度は、前より短い間をおいてその呼び名は記憶の中からぽろりと浮かび出た。嬉しかった。

もしかしたら、老人の物忘れは貴重な試練であるのかもしれない。遊びとしてそれと戯れたり、綱引きでもするように力を絞ったりするうちに、忘れることを止め、思い出したものに取り巻かれて暮す日々が訪れないとも限らない。それが幸せかどうかは別として——。

人生ノートの余白

年齢というものは、どうやらノートの使い方にも微妙な影響を与えるらしい、と思うようになった。影響というより、むしろ一種の微妙な躓《つまず》きをもたらすとでも呼ぶべきか。

その一つは、淡い鴇《とき》色の表紙の、大学ノートを縦に二つに割ったようなノートである。いつの頃であったか、自分の身に起った比較的大きな出来事のみを日時とともに記録するノートがあると便利だ、と気がついた。大事なことであれば概要は覚えているけれど、正確な日時までは思い出せない。この家を建てたのはいつであったか。外国旅行に出かけた際の訪問先や同行者は誰であったか、子供の進学や就職、かかった病気の名前や手術と入退院の時期、仕事の上での役職の就任と退任の年月日……。それらは古い日記帳や日程表を調べれば知ることが可能かもしれないが、歳月が経った後で調べるのは案外面倒な仕事である。

そこで縦に細長い鶯色の表紙のノートを使い、いわば自分自身の索引を作ることにした。最初のページに自分の生年月日、出生地、父の当時の勤め先のことなどを本人に確かめて記入した。住居移転、小学校入学、集団疎開などと忘れていないことを一年に数行ずつ書き込んでいく。子供の頃は一ページに幾年分かが詰まったが、そのうち読みやすくするために二年で一ページを用いるようになり、遂《つい》には一年毎《ごと》にページを改めるに至る。父や母の病気のことや死や葬儀、自分の病気のことなど綴《つづ》っていると、一ページでは一年分に不足しがちなことさえある。

そして七十代にかかって入院検査を繰り返すようになり、その詳細を記しておこうと考えた時、遂に一年が二ページにまたがる始末となった。これでは索引とは別のものになってしまったな、と苦笑しつつノートを閉じた。閉じてから、ふと気づいてもう一度開いてみた。後に幾らも白いゆとりが残っていない。

最初に何ページあるノートを使ったか調べたわけではなかったが、それにしてもよく書き込んだものだ、と自賛した。中には死なれてしまったのではわからなくなるので今のうちに自分の職歴だけでも確かめ直して書いておいてくれ、と老父に頼んで生れた貴重な記録も、一ページ収まっているのだから、他人にはほとんど意味がなくとも、記録者にとっては満足すべきノートが残ったのは間違いない。そしていわば人生の索引を作ろうと思い立った時、この鶉色のノート一冊のうちにおそらく我が生涯は収まってしまうのだな、と予想したことを思い出した。その頃はまだ一ページに幾年分かを詰めて記していたのだから当然の話である。

しかし事態がここまで進むと、そうのんびり考えているわけにもいかない。これから埋められるべき白い余分が後四、五ページしか残っていない、という事実から、よく書いたなという程度の軽い驚きの印象を与えられた。

しかし次第に何やら落着かぬ気分が生れ、それが次第に苛立ちへと育って行くのを意識した。残りが数ページしか残されていないとしたら、これまでの使い方からみて、長くても二年程度でこのノートは終ってしまうではないか。それは索引の対象となる人物の終りをも暗示する事態なのではあるまいか——。縁起が悪いとか心細いとか感じる前に、腹立ちを覚えた。こんなことなら残りの余分に関係なく、直ちに新しいノートに飛び移らねばならぬ、と決意した。

ノートの置き場を搔《か》き廻し、鴇色のノートと同じサイズの今度は浅葱《あさぎ》色の表紙のノートを一冊引き出した。触ってみると長く使ったノートはどことなく疲れてしんなりしているのに対し、新しいノートは角が指に痛いほどかっちり立っている。古いノートには懇《ねんご》ろに礼を述べ、浅葱色のノートには、さあ一緒に行こう、と声をかけた。新しいノートには、既に七十六歳からの三年分の索引が記されている。

老いた住所録の引越し

あれをやらなければ、と思い立ち、その気になればすぐにでも出来るのだからと高を括《くく》り、ところが実際にはいつになっても〈その気〉が起きず、日が過ぎるままに放置されている仕事がある。仕事と呼ぶのは大袈裟《おおげさ》であり、日常雑事が少し面倒になった、という程度のことではあるのだが——。

探す気にならなくとも幾つでも思い当るそんな宿題の一つに、住所録の書き替えがある。一度しっかり整理しなければ、と考えてから既に数年が過ぎた。ノートを新しいものに替え、必要な名前や住所を選んで書き写すだけの作業でしかないのに、なんとも気が重いのである。

住所録といっても、固い表紙に金文字のはいった本のような立派な作りのものではない。ありきたりのルーズリーフに、アイウエオ順にページをあらためて名前や住所を記入し綴《と》じただけの、簡素なノートまがいの一冊である。

その前にも似たようなルーズリーフを使っていた筈なのだが、現在のものに書き写した折の記憶は残っていない。おそらくもっと若かったし、作業が事務的に進められたためでもあったのだろう。

かつてと違い、気が重い理由ははっきりしている。どのページを開いても、そこには鉛筆で薄い横線の引かれた名前が幾つも見出せるからだ。住所変更なら下に書き替えられたり、姓が変ればその旨が注記されていたりするのだが、それとは違うただ一本の横線が引かれただけの名前に出会う。自分がその線を引いた確かな記憶などないのに、いつの間にか線が引かれている。そしてその名前や住所は、歳月の経つうちにこちらの暮しの中で影が薄れ、住所録の整理や書き替えの際に姿を消していく。ページによっては、そんな横線に幾本もぶつかる。新しいアドレスのルーズリーフを開いてそこに名前を書き写していく時、様々な記憶とともに古いルーズリーフの中に残して埋めて行く名前や住所があるのは避けようもない。住所録も老いるのだ。

それがいやなら、住所録の書き替えなどしないほうがよい。

そうは思うのだが、やたらに住所が移ってどこにそれを書いたかわかりにくくなった人もおり、今はそこに住んではいないことが明らかなのに、移った場所もわからず疎遠になったまま長い月日が過ぎてしまった人もいる。あまりに加筆や変更の多い記載は、住所録を開いた折に求める相手を探し出す妨げとなる。

だから心機一転して古い場所から脱し、新しいところへ出て行かねばならぬ、と心を励まして文房具店に出かけ、薄緑色のプラスチックの表紙を持つルーズリーフを買い求めた。今使用中のものに比べ、バインダーもしっかりして大きく、遥かに多くのページを収めることが出来そうである。

後は「ア」から始まるページに必要な人名と住所、電話やファクシミリの番号などを書き写せばいいのだ、といざ万年筆を摑んだ時、上から五人まで鉛筆の横線が引かれているのに気がついた。中にはそれがどのような人であったか記憶にない名前もあるのだが、そうではないのに住所だけ消されてしまっている人、住所はあるのに名前に横線がはいった人もある。そのあたりは自分で手を加えた筈なのに、なぜそうなっているのか全くわからない。

これはもう、手を触れぬほうがいいのではないか、という考えが湧き、次第にそれが強くなった。判別や推理や消去を経てもし新しい住所録が出来上ったとしても、多少は前より見やすく便利であったとしても、その実利的な成果はさしたるものではないような気がする。

むしろ、新しい住所録を作る作業は、そこから省かれ消されていくもう一つの住所録を結果として作ることになるのではあるまいか。そして自分の名前もそこには薄く書き込まれているのかもしれぬと想像すると、現在の古びたルーズリーフが急に懐かしく、身近なものに感じられた。

熱を帯びる病気の話

いつからこんなふうになったのだろう、とふと気づき、考え込んでしまう機会が多くなった。溜息《ためいき》まじりに、以前は違っていたな、と振り返る気分を味わうのだから、あまり好ましくない事態に関わっている。

類することとは年齢が高くなるにしたがって幾つでも見出せるが、最近気がついたことのひとつに、近況報告というものの内容とその仕方がある。形式ばった報告ではなく、久し振りに顔を合わせた同年輩の仲間同士がお茶を飲んだり食事をしたりしながら、最近はどんな暮しをしているかを語り合う、といった折の話である。難しい中身にはなりようもなく、いわば日常生活の比べ合いとでもいった趣のものに過ぎない。

それでも、六十代の前半くらいまではまだ多少仕事の話題が混じることがあったり、暇になったので近所の料理教室に出かけて女性とともに魚の煮方を習ったがあれはなかなか難しい仕事だ、などといった体験談に同席者達が感心したりするケースもあった。そんな報告にはそれなりの新鮮さが伴っていた。

しかし七十代にはいってから、とりわけ後半にさしかかって以降は報告の内容が著しく偏り、ほとんど体調報告、乃至《ないし》は病状報告に絞られる傾向が強くなった。もう昔のようには旺盛に働いていないのだから話題が限られるのは当然だとしても、あまりに健康のテーマに集中し過ぎるのはどうかな、とつい首をひねりたくなる。

とはいえ、この主題は人気があり、いつしか報告の中心にでんと腰を据えている。つまりそこにいる同年配のメンバー達にとって、聞き流すわけにはいかぬ切実なポイントを含んでいる。身体の不調について自分も思い当るようなことが誰かの話に出れば、それがどのような症状であるかはより詳しく知りたくなるし、いかなる対処の方法があるかを教えてもらいたいと願う気持ちが湧くのは自然の成行きでもある。

ところでここで興味深いのは、我が身に起ったことについて報告する話者の熱意のこもった口調、声音、表情である。相手が熱心に聞いてくれるからそれに引き摺られてつい言葉に力がはいる、といった事情もあるかもしれないが、どうもそれだけではないような気がする。報告者の立場に身を置いた体験から考えるに、どうやら話したくてたまらぬ欲求に駆り立てられている気配がある。

まずどういうことが起り、どこでどんなことに気づき、次にそれがどのような状態へと変り、そこでいかなる処置をとったところどのような変化が現れ、などと時を追って経過を辿りつつ語ることに、一種の快感を覚えているらしいのだ。身体を材料にした小さな物語でも聞かせている気分に酔っているのであろうか。

ただし、その種のパフォーマンスが成立するためには条件がある。病変が乗り越えられた過去のものであるか、あるいは現在なお継続中であったとしてもそれに対する処置に見通しの立つ場合である。どこかに希望の光を見出すのが容易ではないような場合には、報告も滑らかに進まず聞く側もただ押し黙って小さく頷いたり、遠慮がちな質問をさし挟むくらいしか出来ることはない。

それにしても、何故《なぜ》こんなに病気の話ばかりしているのだろう、と呆《あき》れる気分に陥ることが少なくない。

医学の目覚ましい進歩や人間ドックなどの普及によって我々の寿命が延び、病気にかかっても昔のようには簡単に死ななくなったためかもしれない。その分を病気とか身体の不調という時間として引き受けているところがあるのだろうか。

もしそうなら、老人の近況報告が病気の話に埋められるのは自然であるのだろう。我々は健康ならざる心身について大いに語り合い、語り続ければいいのだ、と考えると少し明るい気分が訪れる。

歳月に晒され輝く言葉

慌しく一年が過ぎて行く。

今年の夏以降は異様な暑さにやられたのかあちこちの調子がおかしくなり、病院に通って検査を繰り返さねばならなかった。幸いにして決定的というほどの障害にはぶつからず、なんとか年末まで漕《こ》ぎ着けることが出来た。そのことに感謝しつつ振り返ってみれば、健康問題とは違うけれど、足をとめて考えてみたい気分に誘われることは幾つもあった。

たとえば、ある時、ある雑誌から短い原稿の依頼を受けた。気楽に身辺雑記のようなものを書いてもらえないか、というのである。前から知っている編集者からの電話でもあり、こちらも気楽に、書きましょう、と返事をした。「身辺雑記」という言葉のもつ柔らかさと、広がりのささやかさに好感を抱いたからでもあったろう。それならさして苦労せずに書けるに違いない、と即断したのだった。そして勢いにまかせるようにして、この機会を利用して、近頃書くことの多い文章とは離れ、「老い」とは別のことを何か書いてみよう、と思い立った。「老い」の主題は自分にとって切実なものではあるけれど、それがすべてではない。時には別の目新しいものについて書きたい、という望みが頭を擡《もた》げた。

それが間違いだった。あれを書こうか、これについてなら書けるかもしれない、などと考え始めると、その文章のどこかに、必ず「老い」の色合いの滲んでくるのに気がついた。新しい出来事にぶつかって驚いたり、困ったりする度に、昔はこんなふうではなかった、という呟きがすぐ湧いて来る。この反応が「老い」を反映しているのは明らかだ。また別のことに出合い、感心したり喜んだりすれば、そんなものがまだ暮しの中になかった頃の辛苦の記憶がいきなり蘇って胸を叩《たた》いたりする。気持ちをこめてそういう場面を描けば、そこに現れるのは忘れられない昔であり、その記憶を育んで来た歳月であり、つまりは「老い」の影に他ならない。
洗濯機が壊れたと知れば、就職して地方で寮生活を送っていた頃の洗濯板の凹凸の感触が指の骨に鈍く戻って来るし、駅の自動改札にひっかかって通れなかったりしたら、鋏《はさみ》を小刻みに鳴らして切符を切るかつての改札掛りの姿が思い出されたりする。自分が何を見ても、何に出合っても、まず応対するのは自分の遠い過去であり、つまりは自分の「老い」であるらしいことにようやく気がついた。老い離れ、老い払いは困難であるというより、既に不可能なのである。

あまりに当り前のことに気づくのが遅過ぎた。「身辺雑記」における身辺とは書き手の身のまわりのことであり、本人が老人である以上、すべては老人の反応となり、老人の見聞に基づく表現となるのは避けようもない。身辺雑記そのものにも年齢があるのだった。

そんな単純なことにあらためて感じ入り、発見でもしたような気持ちを味わったのは、しかし無駄ではなかった。これも昔を思い出しての言葉、これも見覚えのある光景の記憶、などと中身を吟味しつつ検討するうち、ふとまた別のことに気がついた。

身辺の変化にぶつかり、その印象を確かめるべく似たような出来事の記憶を蘇らせたり呼び集めたりしていると、そこで語られる言葉が次第に透明に近づき、澄んだ音色を放ち始める気配が生れる。たとえ同じ言葉であったとしても、それが歳月の筒に落し入れられて振られるうち、深みのある音色、輝きを秘めた響きを放ち始めようとする。ひとつの物、ひとつの言葉が歳月に晒《さら》されるうち立体化し、自らの濃い影を持つようになっている。

老人が身辺を描こうとすれば、それは老人の目や耳、老人の肌や足腰を通して感じたことを書くしかない。鈍った聴力や衰えた視力でしか対象に迫れぬとしても、しかしその裏には常に歳月の洞窟があり、数しれぬ谺《こだま》が息づいていることが忘れられてはなるまい。だから、老い離れや老い払いに力を削《そ》がれることなく、老人はひたすら老いを頼りにしてまた一年、新しい世界と向き合う覚悟を固める必要があるらしい。

II　老いとは生命のこと

ゆとりと怠惰、元気と焦りの間で

居間のソファーに坐っている。立ち上ろうとして重心を前に移し、足を踏ん張り尻を浮かす姿勢をとる。身体がある角度に曲った時、腰がキクリと痛んで思わず尻が落ちかかる。それをやり過し、二、三歩あるいてしまえばもう大丈夫なのだが、最初は腰をかばおうとして、つい尻を落したまま足を運ぶ。

その格好がいかにも年寄りじみておかしいから、腰を曲げたりせずにすっと歩け、と忠告する声がソファーの隣から届く。もしや腰が痛むのか、と質す声が後を追う。それを認めると、病院へ行ってレントゲン写真を撮ってもらえとか、マッサージを受けに行けとか、うるさいことを言われて面倒なので、とりあえずは痛みを否定する。

騙《だま》すつもりはないけれど、身の自由を守るためにはそれくらいの配慮が必要だ。

痛くもないのなら、そんなふうに腰を曲げた姿勢で歩くのはいかにも年寄りめいて目に映るから避けたほうがよい、と近くからの声が告げる。それを聞くと反発する気持ちが急に強く湧く。腰の痛みの有無とは関係なく、つい反論が口をついて出る。——オレは充分に年寄りなのだ、年寄りが老人めいて見えてどこが悪い、と。

すると身近な声も言い返して来る。たとえ歳を取っているとしても、努力の可能な範囲では、その衰えを認めずになんとか押し返す心構えが必要ではないか、というのである。

きちんとした身形《みなり》、年齢に調和した姿勢や身のこなし、言葉遣いや表情などは、少し気を弛《ゆる》めるとたちまちだらしなく崩れ、いかにも老い衰えた老人になってしまうのだ、と声は追いかけて来る。放っておいても年齢は進み体力は低下するのだから、せめて防げることは積極的に防ぐよう心がけるべきである、と声は言い募る。こちらも多少は思い当るところがあるから困る。

俺もう年寄りなのだから、無理をせずに自然に老いていけばいいのだ、と考えるとふと楽になる。以前はなんでもなく出来たことが難しくなり、家の中の小さな仕事をこなすにも大きな努力が必要となっているのに気づくと、これはもう仕方がないのだ、と諦める気分が湧く。その諦念に身を委ねると、無理をせぬほうがよい、との判断が働き、次第に何もかもが億劫になっていくのが自分でもわかる。基本的には、年齢に逆らわず自然に老いて行くのが好ましい、と考えているつもりだが、その立場に安住してしまうことにはいささかの不満と不安がある。年齢準拠型の暮しの中にはゆとりがあり、諦めを前提とした緩やかな時間が流れている。と同時に、その優雅な姿勢の底には、すべての努力を放棄した恐るべき怠惰への傾斜が隠されている。もう、いいや、と呟いた時、そこでは何もかもが終ってしまいそうな危うさが揺れているのを感じる。

それに対して、これではならぬ、と現状に抗《あらが》おうとする生き方がある。こんなことが出来ずにどうするかと自らを励まし、年齢の進行によって迫る衰えを少しでも押し返そうとする。昨今のアンチエイジングと呼ばれる考え方の中には、このような姿勢がありそうに思われる。

良いところだけを取り上げれば、年齢準拠型の前者は悠々自適と呼ばれるような老後の時間につながり、一方のアンチエイジングの行動や努力は、いつまでも元気で活力のある老人を生むともいえる。

そして悪いところに注目すれば、前者は限りない怠惰への傾斜を孕《はら》んでいるのであり、後者は焦りと意図の空転《からまわ》りする危険を秘めている。

二者択一で態度のいずれかを取るのは難しい。一長一短というより、逆のものはそれが逆である故に意味があるからだ。そこで、身体と精神を分けて考えてみる。身体は年齢に委ねて無理はせず、精神は前傾姿勢をとってより広い場へひたすら進み出ようとし続ける、というのはどうか。しかし人間が怠惰と焦りから解放された時、老人は消えるのかもしれないが、人間そのものの姿も薄くぼやけてしまいそうな気がするのだが——。

何もない平面の恐怖

七十代の半ば頃だったか、関西方面に講演に出かけた折のことである。疲れたでしょうと主催者からのねぎらいの言葉を受けて、少し離れた山間の温泉地に案内された。こういう場所なのでホテルは避け、和風の宿を選びました、という関係者の配慮にも感謝して、一夜の山の湯を存分に楽しむことが出来た。

湯から上って部屋に戻り、広い和室の中央に敷かれた布団の上に身を投げて思い切り手足を伸ばした。久し振りのタタミの部屋であり、周囲に余分のものが一切ないのも快かった。

見上げる天井が高かった。布団からはずれてはみ出す手や足を、すぐ下にあるタタミが黙って支えてくれた。和室でこんなふうに寝ることはしばらくなかったな、としみじみ思った。眠りの質がいつもどこか変って来そうな感じもした。古くなった家を数年前に建て替える際、寝室をフローリングにしてベッドを使うように暮しを変えたからだった。

それまでは和室に布団を敷いて寝ていた。寝具の上げ下ろしに多少の面倒はあったけれど、しかしタタミの上に延べた布団で眠るのは落着いて良い気分のものだった。夏などは、枕を出してタタミの上にじかに寝転がり昼寝するのも悪くなかった。

その和室を新しい家でフローリングの洋室に変えたのは、歳を重ねるにつれて寝起きが楽なベッドを使うのがよかろう、と考えたからだった。隣に住んでいた老いた父母がいつかベッドを使うようになったのを見ていたためかもしれなかった。

そんなことを振り返りながら、湯上りの身体を存分に伸ばしてシーツや掛け布団のさらさらとした感触を楽しむうち、いつか明りも消さずに眠りの中に引き込まれていた。

昼間の疲れもあったのか、しばらくは昏々《こんこん》と眠ったようだった。尿意を覚えて目が覚めたのは夜中の三時頃だった。ほぼいつもの時刻である。ここは自分の家ではなく出先の宿であると気づいた時、明りが点いたままの天井が妙に高く感じられた。

それからが大変だった。布団を抜けて立とうとしたところ、うまく立てないのである。上体を起すことまでは出来ても、そこから足を下について腰を浮かすことが困難だ。摑まるものでもあればそれが頼りになるのだが、和室の中央に敷かれた布団のまわりには何もない。どこかが痛むとか、力がはいらない、というのでもない。バランスの感覚が衰えていて、四つん這《ば》いにまではなれても、手を床から離して二本足で立ち上るのが難しい。いつもこんなだったか、と考えるうち、今夜は我が家のベッドではなく、宿の布団に寝ていたのだ、と気がついた。ベッドであれば、上体さえ起きれば後は身体の向きを変えて足を床に下ろして立つことが可能だった。ところがタタミの床とほとんど高さの変らぬ平面から何も摑まずに立ち上るのは、自転車に両手放しで乗るより遥かに難しい。家の中でも転ぶと足の骨を折る、と常に脅かされているだけに、もし転ぶとしたらどちらに転べばよいか、などと目を配ったりする。眠りから覚めた直後であったために神経の働きが鈍かったのかもしれないが、床から手放しで立ち上ることの難しさをしみじみ感じさせられた。

　そのバリエーションのような出来事に、後になって自宅でまたぶつかった。床暖房をつけたフローリングの上に人が寝転がるテレビのコマーシャルを見て、あれは暖かそうだと気持ちが動き、早速試みた。確かに暖かさは伝わったが、次に立とうとした時に、かつての温泉宿と似た事態にぶつかった。平面から立ち上ることの難しさである。幸い自宅の場合は近くにソファーがあったりテーブルが置かれていたりしたのでそれに摑まってなんとか立ち上ることに成功した。床の段差は老人にとって危険を含み警戒されるが、何もない平面というものもまた恐ろしいものだと考えざるを得ない。

老いとは生命のこと

玄関で靴を履こうとして屈み込み、ぐらりと足許《あしもと》が揺れるのを感じた時は、まさかこんな大事になろうとは予想もしなかった。

地震は大きかった。震度が二とか三とかいうレベルを越えるものであり、いつになく横揺れが長く続くことに驚き怯えた。しかしこれまでの経験から、しばらく堪えていればやがて揺れは収まるものだ、と自分に言い聞かせた。そして事実、少し時が経つと横の振動は静まり、道に出て歩けるようになった。電線はまだ大きく波打っていたけれどどこかで切断された様子はなく、家から外に出て周囲を見廻していた人々もまた屋内に戻っていくようだった。

大きな地震となれば津波や火事の起ることは多いかもしれないが、深夜でも明け方でもない昼間なのだから、もし何かあっても適当な対処が出来るだろう、と考えた。つまり心身の動揺は時の経つに従って平静に復し、元の日常が戻って来るに違いない、と予想した。それがとんでもなく甘い見通しであることを教えられたのが、三月十一日（二〇一一年）の東日本大震災だった。

直接はまだニュースがないために、強い地震があった、ということの他は何もわからなかった。余震があるかもしれないから気をつけよ、という家人の言葉を聞き流し、予定通りに日課の午後の散歩にも出かけた。

その後、東北方面の地震の規模や被害、ついで大津波の襲来をテレビで知るにつれ、とんでもないことが起ってしまっているのに動転した。更に加えて、東京電力の福島第一原子力発電所の被害が報じられると、天災と人間の営みの上の事故とが重なりあったことによって受ける傷の大きさと深さに圧倒されるしかなかった。時が経てば日常に戻る、などといった認識を越える事態に向き合わされていることを痛感した。

テレビ画面などでいつ見ても感じるのだが、学校の講堂や公共施設のホールのような広い場所の床に直接身体を触れるに近い状態で避難の時を耐えている人々の姿は痛ましい。自分にそんな苦境を乗り越えることが出来るだろうか、と考えると全く自信がない。

地震の発生から十日ほど経った日の夜中、眠れぬままにラジオを聞いているとニュースが流れた。震災に関わる報道の中に、被災地の介護老人保健施設などで入所者の避難が必要となり、施設ごと移動を余儀なくされたのだが、その途中のバスの中で九十五歳と八十歳の女性二人が心肺停止状態となって死亡した、との知らせがあった。劣悪な条件下での緊急の移動であり、止むを得ぬことが重なったのかもしれないが、この報道には暗い衝撃を受けた。翌日の新聞には、同じような施設間の移動で体力消耗のためか十五人の高齢者が亡くなった、と報ずる記事もあった。こんなふうにしても年寄りは亡くなるのか、とあらためて感じた。

今回のような不意の大災害の場合、老若男女を通じて様々の命が失われた。その中に年寄りが含まれること自体は避けようがない。そこでふと気がついたのは、これまで人間の老いについて考える場合、災害のような不慮の死は視野にはいっていなかったのではないか、との発見と反省であった。

老いについて様々に思いを巡らす際、それは自然に進行する微視的な動きの老いと、その結果やがては行き着くであろう終着点としての死を巡る考察が中心であった。しかし今回のような大規模な災害を前にすると、ただ順路の如《ごと》き自然の道筋としての老いだけを考えていたのでは足りぬのではないか、との苛立ちに似た気分が湧いてくる。

残された歳月という視点から考えれば、子供の生命と老人の生命とは異なる。前者には未来が含まれ、後者にはそれが乏しい。しかし、人が生きているということ自体は同じである。残された大切な命を折角《せっかく》一度は救われながら避難中に失うのはなんとも無念である。失われた数知れぬ命のことを思いながら、いささか混乱した頭で、老いとは生命のことなのだ、とあらためて考える。

若くはない男性達の怒り

しばらく前から、次第に男性の姿が多く見られるようになった。カルチャーセンターとか、講演会や成人学級といった場に出かけて来る人々についての話である。おそらく三十年くらい前までは、その種の集りへの出席者は圧倒的に女性が多く、それも主婦と呼ばれるような年齢層の女性達が中心だった。

いつの頃からか、そこに若くはない男性がまじるようになり、定年退職後と思われる男性の参加者がやがて急速に増加した。勤め人の暮しから離れた人々が、時間の余裕を持てるようになったためもあるだろう。体力も知力もまだ衰えてはいないのだから、興味や関心の赴《おもむ》くままに様々の場に出向いて活動しようとするのは当然のことといえる。

そのような動きとどこかで関係あるのか、最近散歩していると、若くはないけれどしかし高齢者と呼ぶにはまだ早いといった、六十代後半から七十代にかかるあたりの男性が歩く姿によくぶつかる。気をつけてみると、それらの人々はあるパターンを持っている。

手に荷物は提《さ》げていない。ほとんどの人が歩きやすそうなウォーキングシューズを履き、革靴で歩く人は稀である。少し気温の低い日はジャンパーを羽織り、野球帽やハイキングの際にかぶるようなぐるりと鍔《つば》のついた布製の帽子などを頭にのせ、なにか明確な目的を持つ足取りではなく、かといって漫歩《まんぽ》というほど呑気《のんき》な足の運びでもなく歩き続ける。健康のためのウォーキングなどとは見られたくない、との意志がちらと窺《うかが》えるような気がする。

似たような年齢でも、女性の場合にはそのようなパターンはあまり認められない。夕方の買物にせよ、犬の散歩にせよ、若くはなくても女性の歩行は常に目的の裏打ちがあるように思われてならない。だから、そうではない分だけ、男性の歩行は不安定であり、生活からはみ出しているような脆《もろ》さを含んでいる。余計なお節介だと言われればそれまでだが、あらためてふとそんなことを考えたのは、それとは全く別種の男性達の姿がいきなり目に飛び込んで来たからであったに違いない。

ただし、現れた一群の男性達とは直接出会ったのではなく、テレビの報道の中でこちらが一方的に接する人々なのだが——。東日本大震災の地震や津波、そして原子力発電所からの放射能汚染などによって被害を受けた人々の姿が画面に映し出される度に、とりわけその中の若くはない男性像に目を吸い寄せられた。

怒っている人が多かった。不安や不満に耐えながら、先の見通しも立たぬ一日一日とどう向き合っていけばいいのか、と声を詰まらせる人々の表情が目に刺さった。事業主やまだ働いている人が多いだけにさほどの高齢者ではないのだろうが、誰の表情も固く、内に積ったものが盛り上って顔に出た、という感じだった。女性の若くはない被災者もテレビの画面に登場することは多かったが、そして窮状を訴える言葉、ボランティア活動などに感謝する言葉に真実味はこめられていたが、仕事が土台から二重に（地震や津波と放射能被害と）奪い取られてしまうことに対する怒りに押し出された男性達の切羽詰まった声と顔つきには、とりわけ強く迫るものがあった。

こんなに多く、生活者としてのもう若くはない男の人達の顔を見るのは久し振りではないか、と思った。平和な日々の中ではとかく女性の強さが目立ち、男性のひ弱さが気にかかる昨今だが、今回の大震災においてはそのような危惧《きぐ》は必要なさそうだった。いわば人間の地平を見渡すような場に立って災害と向き合った時、女は強く男は弱い、などといった見解は力を失うのかもしれない。穏やかな顔つきで近所を歩くのを見かけるまだ若い高齢者達も、何かがあった時、どのような反応を示すかはわからない。単純な高齢者である自分自身がその時どうするか、の見当もつかない。

転ぶことは一種の自然

よく転ぶようになった。いや、よく転びかけるようになった、と言い直したほうが適切か。転ぶこともあるけれど、充分に注意するようになって以降は、転倒にまで至らぬことも間々あるからだ。

こちらと似た年頃の人が転んで大腿骨《だいたいこつ》に損傷を負い、手術して人工骨頭《こっとう》を入れた、と続け様に聞かされたことがある。自分の母親も九十歳の頃に転んで大腿骨の骨折に出会い、入院手術からリハビリまでの全過程を間近に見ていただけに、本人の大変さは身に迫る。高齢者の場合は寝たままで動くのが難しくなるとボケの出る危険もあるので、テレビくらいは本人が視るように周囲が気をつけよ、と医師から告げられたりすると、転倒、骨折という事故が単に身体の故障にとどまらず、知的能力にも影響を与えかねないと知って恐ろしかった。

日頃用心して転ばぬように気をつけるつもりになってから、それなりの年月が経つ。その間、全く転ばなかったわけではないけれど、深刻な損傷を受けるほどの転倒は起さずに、なんとかやり過して来た。

数字としての比率までは知らないが、骨折を招くような転倒が家の外ではなく、案外家の中で発生しているらしいことに気づいて驚く。爪先が上っていないから道で躓くのだとか、地面の凹凸を見落すから足を取られるのだとか言われたりする。しかし家の中でも何かの拍子に転んでしまうとしたら、その原因は必ずしも外部の条件ではなく、なにか内発的なものがあるのかもしれぬ、と考えてみたくなる。年齢を重ねることによる全般的なバランス感覚の衰退が、多くの事故を招来しているのではないか、との危惧は否定し難いところがある。

夜中に用を足したくなって暗い中をトイレに向う時などふと考える。人は二本足で立って歩くから転ぶのではないか——。そもそもこれだけ細長い形の生き物が、縦の姿勢で進もうとすること自体に無理があるのではないだろうか――と。

直立の歩行を可能にしているのが重心のバランスをとる微妙な平衡感覚なのだとしたら、もしその感覚が鈍くなったり衰えたりした場合、立つ姿勢の維持は困難になり、転倒に追い込まれるのは避けようもない。むしろ、バランス感覚の衰退した年寄りにとっては、転ぶことは一種の自然であり、転ばぬ暮しは大変な努力の結果であるのだ、とさえいいたいほどだ。これだけ細長くぐにゃぐにゃとして複雑な形体を持つ数十キロの重量物が巧みにバランスをとって立ったまま倒れないのだとしたら、そちらのほうが不思議だとはいえまいか。

まだ十代の頃、人間は二足歩行を実現して両手が自由に使えるようになったからこそ文明を生み出すことが出来たのだ、と教えられ、なるほどそうだったのか、といたく感心した覚えがある。それから六十年以上も生きて来た今となれば、人間は二足歩行によって文明を築いたかもしれないが、しかし、同時にそのことによって転ぶ危険も背負い込んだのだ、とつけ加えてみたくもなる。

その転び方もいろいろだ。道で躓くとか、階段を踏み外すといった話はよく聞く。

しかし、必ずしも歩行中ではなくとも、多少無理な姿勢をとって何かをしようとしてバランスを崩し、しゃがんだまま横転したり、尻餅《しりもち》をついたりすることも少なくない。そんな時、危ない、転びそうだ、と途中で意識する場合がある。もしそうなったら、深刻な危険が伴わない限り、我慢などせずに自分から進んで転んでしまったほうがよい、とある時気がついた。懸命に堪えた末に倒れると、思い切り引き絞った弓の弦《つる》を放すように身体に強い力が働いて、どこかをしたたかに打ったり傷つけたりする。

だから、転ばそうとする力に肩透かしを食わせてこちらが先に転んでやる。すると、倒れた地面や床からの低い視線が、意外に新鮮な光景を与えてくれる。転ばぬ先の杖も必要ではあろうけれど、転ばぬ先の転ぶ心構えといったものも求められているのではないか、とこの頃しきりに考える。

闇夜に蘇る幼年の記憶

六十代にはいって後半にかかった頃か、夜とのつき合い方が変った。それまでは深夜が主として仕事の時間であったので、夜明け近くまで机に向い、窓の外が白み始め小鳥が鳴き出すのを聞いてから寝る仕度《したく》にはいるような毎日だった。

ところが年齢がすすんだある時期から、夜更けに机に向い続けるのが苦痛となった。明け方床にはいっても、以前のように昼頃まで眠っていることが出来ずにすぐ目が覚めてしまう。夜中に起きているのが困難になったからか、日が昇った時間に眠ることが難しくなったためか、とにかく夜型の暮しから離れて普通の生活をし始めた。

すると、仕事の時間ではなくなった夜は、昼間とは違った表情を見せるようになった。つまり、一日を昼間と分け合う当り前の夜が戻って来た。とりわけ早寝早起きするようになったわけではないけれど、夜の中心は眠ることにあるとの感覚が復活するのを意識した。その変化は、年齢の増加とともに現れる自然の推移の一つであるように思われた。

夜から昼への暮しのスタイルの切り替えが、仕事のために良かったかどうかはわからない。人々の寝静まった深夜は、気持ちの集中が持続する故に密度の濃い時間を持つことが出来る。それに対して昼間はなんとなく周囲の空気がざわつき、気の散る傾向が避けられぬので仕事の運びは遅くなりがちだ。しかし年齢や体力の問題も絡む以上、自分にとってこの移行は避けられぬ事態であったろう、と納得する。

それよりむしろ、夜中に眠るようになってからの夜との再会に、今は様々のことを考える。いや眠っている間は別として、ふと目覚めた真夜中に、夜の素顔とでも呼びたいような澄みきった時間に出会う折がある。

トイレから帰ってまだ朝は遠いのだからもうひと眠りしようと思うのに、一度起きて身体を動かしてしまうと先刻までの眠りは容易に戻って来ない。丑三《うしみ》つどきとはこんな時間であったろうか、などと考えるうちにますます眠りから遠ざかり、夜の底に取り残されたような自分がぽつんと闇の中に転がっている。

そんな時、頭に浮かぶのはなぜか遠い日のことばかり。夜の時間があまりに澄んで深いので、遥かに過ぎ去った昔が運び返されて来たかのように蘇り、身体の奥に浮かんでいる。子供の頃の記憶である。そしてふと気がつけば、当時大人であった人達はみな死んでしまっている。やや歳上だった人の中にも故人は多い。こちらが七十代も終ろうとしているのだから仕方がない、と言い聞かせる。

あらためて振り返れば、あの頃日々を共に過した家族も、今は誰一人生きてはいない。日中なにかの折にふと思い出すことなどあっても特に感慨を覚えたりはしないのに、深夜蘇る光景の中を動く人影は、同じ人物でも昼間の思い出の中とは異なる表情で現れることが少なくない。

幼い自分はどうしてあんなことをしたのか、と我が身を振り返ったり、あの時相手はどんなことを感じていたのだろう、といろいろ疑ってみたりする。明るく楽しい記憶はほとんどなく、恥しかったり、恐ろしかったりする暗く湿った思い出にばかりぶつかるような気がする。

というより、その種の記憶は深く眠っているので昼間に掘り起すのは無理なのであって、こちらが独り闇の中に横たわっている時にのみ、そっと忍び寄って姿を見せるのかもしれない。

そんなことをとりとめもなく考えるうちに眠気からはますます見放され、ただ寝返りを打つしかない状態に追い込まれている。

次の日に早く起きる必要でもない限り、闇の中にしばらく転がっているのも悪くないだろう、と諦めてまた寝返りを打つ。ラジオの深夜放送を聞いてみることもあるけれど、気分が番組にしっくり馴染むことは多くない。むしろ真夜中であるだけに時間が自在に伸縮し、遠く幼い頃がすぐそこ、手の届く場所に近づいているような気がし始める。老年と幼年はこんなふうに手を結ぶことがある、と独り暗闇の中で頷いている。

老いゆえの饒舌

歳を重ねるにつれ、自分について、おやと気のつくことがいろいろと起る。多くは体力の変化、即ち衰えの発見であったり、知力の鈍化、つまり物忘れの激化であったりする。それらは一般に老化現象なのだから、これは仕方がないな、と諦めて苦笑のうちにやり過していく。

しかし中には、そんなことが何故起るのか自身にも掴み難いものがある。原因や理由はわからないが、昔はそんなことをしなかったな、という点だけははっきりしているので気にかかる。やはりどこかに年齢の影がゆらめく気配が感じられる。

最近気がついたその種のことの一つに、饒舌《じょうぜつ》がある。とはいえ、やたらに口数が増しオシャベリになったわけではない。繰り返しが頻発して話が長く、終らないのとも違う。だから饒舌というより、沈黙のネジが少し弛んだ状態とでもいえばいいか。しかし、独りでブツブツと呟き続けているのではない。この場合、必ず話しかける相手が存在するのである。むしろ、相手がいることによって、つい言葉が引き出されていく。それをとめる栓が弛くなっているらしい。昔なら黙って過して来たようなところに立ち止り、声をかけている。さして意味があるとも思えぬような言葉をつい相手に投げている。

新しい大型店舗が近くに開店すると、以前から日用品などの買物に立ち寄っていたスーパーマーケットのレジで金を払いながら、中年の女性従業員に話しかけずにいられない。お客の数は減ったろうか、どんな影響を受けるのだろうか、ここが閉店に追い込まれたりすることはないだろうか——。

クリーニング店に出していたワイシャツを受け取りに行けば、所せましと店内に吊《つ》るされたり、畳んで積み上げられたりしている洗濯済みの衣類や毛布などを見廻し、それが前より減ったとか増えたとか、とりとめもない話を店主と交したりする。

小さい子供を連れた近所の若い母親と立話することもあるし、病院から退院して来たばかりのこちらと同年輩の近所の男性に予後について訊ねる折もある。全般に、以前に比してオシャベリになっている傾向が認められる。老人性の多弁症などといった疾患がもしあるとしたら気をつけねばならぬか、心配する気分も動く。

昔はどうであったか、と振り返るとかなり違っていたようである。知らない人と口をきくのは面倒であり、また警戒心も働いた。状況は違うけれど、中学や高校に通っていた十代の頃は、似た年齢の男の子達が前からやって来るのに出会うと、どのようにしてすれ違えばよいかがわからず、目を伏せて道の端に身を寄せたものだった。見知らぬ人々、特に年齢の近い少年達は、いつもどこか危険な臭いを漂わせていた。

それに比べれば、と考える。近時はその種の警戒心をほとんど感じることとなしに暮しているため、やたら他人に声をかけてみたくなっているのだろうか。

それとも、なんとなく人懐《なつ》っこい気分が強くなり、あちこちで親しくもない人と言葉を交したくなっているのか。

そのあたりがもし年齢と関係あるならば、多少の自戒が必要であるのかもしれない。

やたらと気楽に話しかけてくる愛想の良いジイサンがいたとしたら、あまり会って話をしたいとは思うまい。そこには、年齢を笠に着て世間を見くびる、甘えと傲慢《ごうまん》が隠されているような気がするからである。

好々爺《こうこうや》とは、その種の老人を指すのではあるまい。別に好々爺になりたいわけではないけれど、そして不機嫌で口の重い老人が望ましいなどと考えるわけでもないけれど、やはりあまり軽率にどこでも口を開いてたわいない言葉を投げるのは考えものか。それなら、天気の挨拶くらいならどうか。それではしかし、あまりに単純簡潔に過ぎ、物足りないような気がしてしまうのだが——。

バッグが肩を滑り出す

鞄《かばん》の持ち方が下手になったような気がする。振り返ってみると、六十代ではまだとりわけ意識していなかったと思われるので、おそらく七十代にかかってからであるに違いない。

鞄の持ち方といっても、右手で提げるとか左側に抱えるとかといった、腕の使い方に関わる問題とはやや異なる。ここでいうのは、ショルダーバッグの吊り手ベルトの肩への掛け方なのである。それを一方の肩に掛け、垂直にたれるベルトにそちら側の手を軽く添えるくらいはしてもいいが、後はもうバッグを持っていること自体を忘れたかのように振舞えばよい。提げ鞄ではないのだから、両手を自由に使えるのがありがたい。

ところがある時期から、片方の肩に掛けたバッグのベルトが次第に肩の端へとずれ、時に腕を滑り抜けてすとんと足許に落下するようになった。これには、鞄の重さや、着ている衣類の肩の部分にどのような材質の繊維が使われているかや、吊り手ベルトの肩と接触する裏側部分に滑り止めの処置が施されているか否か、なども微妙に影響を与えているだろう。

しかし以前は滑り落ちたりしたことのない同じバッグが、肩から滑って足許に落ちかかったりする事態に二度、三度とぶつかると、自分の肩がかつての張りや角度を失い、肉が薄くなったり、骨まわりが縮小したりしたためではないか、と不安を覚えるに至る。

そこで対策を考える。吊り手ベルトの裏側に滑り止めのゴムのようなものを張り付けるのもその一つだが、より本質的な対応として、バッグの掛け方そのものを検討する。従来は片方の肩にだけ垂直に掛けていたベルトに今度は首を通して斜めに掛けるようにする。つまり、襷《たすき》掛けにするわけである。すると、これまでとは違ってベルトは首にも掛かっているのだから、バッグが腕を抜けて滑り落ちる心配はない。

事実、そのようにショルダーバッグを肩から斜めに掛けて歩いている老人を外でよく見かける。こういったバッグの掛け方を、マルコ掛けと呼ぶのだと教えてくれた人がいた。テレビのアニメ番組の主人公の子供がバッグのそういう掛け方をしているためであるらしいとの話だった。そういえば、幼稚園に通う子供達はみなバッグを襷掛けにしており、片方の肩にだけ吊り手のベルトを掛けて格好をつけているような幼児は見かけたことがない。

そんなことを考えながら外出すると、若者の多くが様々の大きさや形のショルダーバッグを襷掛けに肩から掛けて歩いている姿にぶつかった。鞄本体のサイズが大きく、中身が重いためもあるのかもしれない。しかし軽そうなショルダーバッグの場合にも、斜めに掛けた吊り手のベルトを思い切り長く調節し、歩く度にバッグが尻の肉を上からひたひたと打っているかに見える姿の若者も少なくないことを発見した。

また若い女性の場合も、いかにも軽そうな平たいバッグなどが、ほとんど意識されることもないほど自然に肩から腰のあたりに斜めに掛けられているのを見かける。

バッグのデザインや用途、バッグそのものの大きさや性質によっても、当のショルダーバッグの肩への掛け方は違って来るのかもしれない。それがバッグの持ち主の自由な選択にまかされているのはいうまでもない。

しかし以前と違って吊り手のベルトが肩から滑りがちとなり、持ちにくくなったとしたら、襷掛けを実行してみねばならない。その結果確かにバッグは滑り落ちなくなったが、どうもその持ち方が身に馴染まない。どこか律儀くさく堅実であり過ぎて、鞄を持つ面白さが失われてしまう。

そんなふうに感じるのは、お前が老人としてまだ未熟であるからだ、と言われそうな気がする。そうかもしれない。しかしもうしばらくの間、襷掛けは遠慮し、片方の肩から滑り落ちがちなショルダーバッグを気にしつつ街を歩き続けたいものだ、と願っている。

夜がもたらす小さな変異

夜中に何かが起っている。

眠っているうちに小さな変化が身体のあちこちに発生し、夜が更けるにつれてそれが少しずつ育ち進行して、朝になるとあちこちのむくみや腫《は》れ、痛みや痺《しび》れへと成長している。

必ずしも夜中に限ったことではないのかもしれない。少し長く机に向って椅子に坐り続けたりした後、立とうとすると腰が痛んでうまく伸ばせず、すぐには立ち上れない。思わず膝を折ったままの姿勢で二歩、三歩と進む運びとなる。それがいかにも年寄りめいた動作に見える、と身近にいる者から注意されることがある。故意の動作ではないのだから、指摘されたからといって止めるわけにはいかぬ。

ある姿勢のまま長く動かずにいると身体のあちこちがその形に固まり、次の動作に容易には移りにくくなって拒否感や痛みが生ずる、という次第なのかもしれない。夜中という暗い時間に特別の意味があるわけではなく、一日の中で最も長い時間動かずに過したために、身体の一部が自然に強張《こわば》ったということなのだろう。寝ている間も人が寝返りを打つのは、無意識のうちに姿勢を変えるためなのだ、と教えられたことがあったような気がする。

したがって、夜中にこだわる必要はないらしいけれど、身体の一部の異変が特に夜から朝までの間に発生すると、それが日の区切りの徴《しるし》のように感じられ、ああ、こうやって身体は古びていくのだな、と妙に納得させられる。

起きてから時が経つに従って次第に身体は滑らかに動くようになり、前夜の異変も忘れて日中を過すことが多いのだから、夜の間の変化は、やはり次の日への移行の中で、流れ去った時間の後ろ姿を眺めやるほどの意味はあるに違いない。

たとえば最近、そんなプログラムに加わったものの一つに、指の硬直がある。寝ている間になんとなく指が太くなった感じがして、握り拳を作りにくくなった。中でも左手の中指が曲りにくく、先の関節を一度曲げるとその形に硬直してもう自分では伸ばせない。仕方がないので右手でその指を伸ばしてやらねばならない。左手なのでさほどの不自由は感じないが気にはかかる。しかしその程度の異状は身体のあちこちに生ずるものであり、なるべく無視するよう心がける。どこかにもし深刻な徴候でも伴えば直ちに病院に出かけて検査する覚悟は出来ているつもりだが。

それにしても、ラジオを聴いていると耳にはいるコマーシャルの中に、これは自分のことを言われているのではないか、と心配になるほど身に覚えのあることばかりが取り上げられているケースにぶつかる。腰の痛みにしても膝の軋《きし》みにしても、肩や腕の不具合にしても、まるで見られていたかのように言い立てられる。それらは主として漢方薬のコマーシャルであり、速効性よりゆったりとした長期服用の効果が訴えられているところに説得力がある。

それを聞いていると三つの感想が湧く。

一つは、なんとうまく作られたコマーシャルであるか、との驚きである。言われることのそれぞれが思い当るのだから、狙いは目標を捉えている。

一つは、これだけこちらのことをわかってくれるクスリがあるのなら安心だ、どうにも困った時にはこのクスリの世話になればいいのだから、と考える。

そしてもう一つの感想として、これほど思い当る節の多いクスリは、かえって呑まぬほうがいいのではないか、との警戒心を呼び起される。この反応には、しかし合理的な根拠はない。絵に描いたようなコマーシャルの中に、絵に描かれたような病む人として登場したくない、とでもいったヘソマガリの気分が働いているのだろう。

また一日が終り、夜が来る。小さな変異は少しずつ進んでいる。次にはどんなことが起るのか。

首枷から首飾りへ

考えてみると、のっぴきならぬものとしての布を首に巻いて以降、半世紀以上の時が流れた。学生時代にオシャレの真似事《まねごと》のようにしてジャケットの下などに締《し》めたことはあるけれど、服装の不可欠な要件として意識したそれを初めて身につけることになったのは、一九五五年四月一日の入社式の日であった。つまり、それは会社員のシルシであった。もはや自由な学生の身ではない、ということを自覚するシンボルとして、スーツの下、ワイシャツの襟に色のついた布を巻いた。――ネクタイを締めた。

爾来《じらい》、それは勤め人となった自分を縛る美しい布として胸に垂れ続けた。

となれば、首を締める布は時に首枷《くびかせ》に似たものと化し、これなしで出勤することは叶《かな》わぬものか、との願いを生み出す次第ともなった。

地方の工場勤務の間は、それでも大目に見てくれるところがあった。新入社員としての緊張感が次第に緩み、数ヶ月にわたる現場実習が終りに近づく頃には、現場で仕事する人達がユニフォームとしての作業衣を着て出勤するのに乗じて同じような格好をしてみたこともあるけれど、なんとなく落着きが悪かった。

以降、三十代の後半に会社勤めをやめて文筆生活にはいるまでの十五年間は、原則としてネクタイに首を締められている生活が続いた。本社に転勤となってからのある日、急に反抗的気分が強くなってネクタイを締めずに出勤した。対外折衝《せっしょう》のある部署のためもあってか、服装はきっちり整えよ、と部長から注意を受けた。ネクタイを締めよということだな、と理解した。就業規則などには明記されていないようなことほど、むしろ会社員が守らねばならぬ厳しいキマリなのだ、とあらためて認識した。

だからといって、ネクタイそのものを憎んだり、嫌ったりしたわけではない。外国土産として女性から美しいネクタイを贈られたりすれば嬉しいし、彩りや柄が珍しいようなネクタイを締めれば気分が華やぐのも確かである。義務としてのネクタイは疎《うと》ましく、オシャレとしてのそれなら歓迎する、といった話であるのだろう。

ところが最近、ネクタイに関して、これまでとは違う感情を抱くようになっていることに気がついた。自分と似た歳頃の男性達が集る会合などに出向くと、ほとんど出席者の全員がネクタイを結ばずに様々なシャツに上着を羽織って並んでいる。クールビズとやらで夏場は政治家までネクタイを締めぬようになったのだから、ネクタイ無しのスタイルそのものに特別の違和感を覚えるわけではない。ただ、かつては逃れようもないネクタイの世界で暮していた人々が、一斉に襟の開いたシャツスタイルになっているのに出会うと、ネクタイを捨てて自由な服装を身につけたというより、むしろ歳を取ったためにネクタイの側から捨てられた、とでもいってみたいような印象を受けた。ネクタイとの関係が、かつてと逆転してしまっている。そしてその光景は、どことなく色彩に乏しく、地味にくすんでいるかに見えた。

そのような年寄りの会に出た帰り道、ふと考えた。このままでいくと、もう我々はネクタイを締めなくなってしまいかねない。もし締めるとしたら、黒いネクタイだけに限られそうな気配もある。

としたら、我々はもう一度、若き日のようにネクタイを締めるべきではないのか。あの頃の如き強制されたスタイルとしてのネクタイではなく、悪戯《いたずら》心や皮肉や悪口雑言や中傷や夢や憧れなどが混然として織り込まれている、そしていかにも七十代、八十代にふさわしい年齢相応の品位を備えたネクタイを、さりげなく首に巻いて街に出るのが好ましいのではあるまいか。かつての首枷が、今度は年齢を連ねた首飾りとして肉の落ちた喉《のど》まわりや首筋を包んでくれるのも悪くはないだろう。

階段がくれる贈り物

朝は階段から始まる。いや、一日は階段から始まる、と言い直そう。朝に限らず、階段とのつき合いは日中を通し、夜になって寝るまで続くのだから。

朝といっても起きるのは九時頃だが、着替えをして手摺《てすり》に摑まりながらゆっくり階段を下りていくと、また一日が始まるのだな、といった気分が足の方から染み込んでくる。今日は何をしなければならなかったか、と頭の方は予定を探ろうとする。気の重い仕事があれば足も遅くなるし、なにか楽しみにするようなことでもあれば足音は軽くなる。

二階に寝るようになってから、階段は暮しの中を貫く重要な通路となった。古くなった元の家の階段は二階まで一直線に延び上る傾斜の強いもので、始めは手摺などもついてはいなかった。いわば実用一点張りの上下を繋《つな》ぐ縦の空間に過ぎなかった。

十年ほど前に家を建て替える時、これからは年寄りの住む場所になるのだから、階段は少しでも緩やかで上《のぼ》り下《お》りの楽なものにして欲しい、と希望した。幸いに、踊り場の着いた折り返しのある、段差も低い階段が出現した。だから、それを使って、一日をゆっくり引き寄せようとするのである。

階段を下りて午前の時間に身を浸《ひた》すうち、次第にいつもの一日に飲み込まれている。そして次には階段を上る必要が生ずる。仕事部屋が二階にあるのだからこれは避けようもない。食事とか休憩とか来客とか、部屋を出て階下へ赴く度に、また次に階段を上る営みが待ち構えている。

気が急《せ》いて慌てて二階に戻ろうとする折もなくはないけれど、多くの場合は踊り場で一息入れてからまた上る。そして月に一度もあるかないかだろうが、そんな折にふと、おや、今日は身が軽いな、と感じることがある。階段の一歩一歩が、身体を引き上げるようにではなく、一段一段が自然に足の下へと動いて遠ざかるかのような感じで身が上へと進んでいる。つまり、上る意識もなしに上っているのである。

ささやかなことに過ぎないだろう。しかしそのほとんど無意識に階段を上っている感覚は、無色透明なものでありながら、意外に大きな喜びを与えてくれる。あまり疲れてはいない、脚はまだ大丈夫だ、今日は元気があるぞ、などの呟きが身の奥から湧いて来る。絶壁をよじ登る際に摑む鎖かロープのように手摺に縋《すが》って階段を上る気分であることが多い日々なのだから、この身の軽さは驚きであり、歓《よろこ》びであり、予期せぬ贈物の如く有り難いものである。

そんな機会も含まれている以上、二階への階段の一歩一歩は、体力や健康を確かめるバロメーターになっている、ともいえる。家の中に限らず、外出しても似たようなことに出会う。特に電車の駅などでは選択を迫られる場合が多い。線路が高架になったため、プラットフォームが持ち上げられて下の道路から二、三階の高さを上らねばならない。

するとそこに、階段、上りエスカレーター、エレベーターといった三つの手段が用意されている。エレベーターは利用すれば楽だが待たねばならぬケースが多い。エスカレーターはステップに足がのれば上へは自然に運ばれるが速度が遅く、電車が来た時などは焦ってしまう。かといって、見上げる高さの階段に手摺を頼りにして挑む決心も容易につかない。結局はエスカレーターの利用が最も多いが、東日本大震災後に節電が実施されていた時期には、時間によってエスカレーターは停止していた。エレベーターを待つ人が多いのを見ると、結局は手摺を摑んで長い階段を上らねばならなかった。辛いなと思いながら、これが上れるうちはまだ大丈夫だ、と口の中で呟きつつ重い足を階段にかけたものだった。

一日は二階への階段を上ることによって終る。日中の疲れでその足は重いけれど、身の半分はもう夜中の方へ、眠りの側へと傾きかけている。

若い日の負債を居眠りで返す

昔はこんなことはなかった、と気づく一つに、居眠りがある。夜の睡眠とか習慣としての昼寝といった時間の定まった意図的な眠りではなく、何かをしている途中で突然発生する眠りである。車の運転など特別の仕事中の場合は気をつけねばなるまいが、そうでなければこの眠気は日頃の友のように身近に親しく出没する。

たとえば、電車に乗って幸いに腰かけられた時、ふっと息をついて文庫本を開き読み始める。駅が二つか三つか過ぎるうちに、必ずといっていいほど眠気に襲われる。開けていた本が掌《てのひら》を抜けて膝から床に滑り落ち、意外に高い音をたてるのに驚き、居眠りしていたことに気づいたりする。

電車の中では難しい本は読めぬので翻訳ミステリーの文庫本などを開くのだが、閉じてしまった本はどこを読んでいたかがもうわからない。栞《しおり》が挟まれていても、それが読み始めたページであるのか、それとも読むのに邪魔なので他の場所に移したものであるかが不明となっている。連続殺人事件でもないのに犯人が幾度でも同じような手順で犯行に及び、前に殺されていた筈の人物がまた殺されるのに出会い、ここはもう読んでいた、と気づく始末である。昔はそんなことはなかった。読むのに夢中になって降りる駅を乗り過したり、大事な場面にさしかかっているので、電車を降りてからプラットフォームのベンチで一息つける区切りまで読み続けたこともあった。

つまり、電車は常に読書のための貴重な時間と場所を用意してくれているのであり、本は切符や定期券よりも乗車に欠かせぬ必需品なのだった。本を忘れて家を出て来てしまったのに気づき、駅の近くまで歩いてから慌てて本を取りに引き返したこともあった。若い頃は立ったままでも分厚い本や重い本をさほど苦にせず車中で読むことが出来た。

それだというのに、いつからか車内の読書に眠気が押し寄せるようになった。はじめのうち、そんなことが起るのは寝不足気味であったり、身体がひどく疲れている折に限られていた。ところが、七十代にはいった頃からか、電車のシートに坐って本を開くと、必ずといっていいほど眠るようになった。眠気の発生は疲労の有無を計るバロメーターではなくなった。ある意味ではのべつ疲れているわけであり、老いとは疲れに他ならないといいたいほどだ。

話は電車の中に限らない。居間のソファーでテレビ番組を視ていても、ふと眠りに引き込まれようとする。自分だけではない。劇場で客席のどこからか鼾《いびき》が洩れ、次第に高くなったそれが舞台にまで届くのではないか、と心配になることがある。芝居がつまらないからではない。そこに年寄りの観客がいるからだ、と考えるべきなのだろう。

時には、昼間の会議の席でも、しばらく俯《うつむ》いて黙ったままだった出席者が、すっと軽い寝息をたてるのに気づくこともある。これも会議の内容が退屈だからというより、年配のメンバーが出席しているからに他ならない。

としたら、老人は常時絶対的に過労の状態に置かれているのに違いない。充分に長く生きて来たのだからこれは致し方ない。

もしかしたら、老人がそれほど疲れ、それほどのべつ幕無しに眠くなるのは、若い日の不摂生のつけが回って来たためではないか、と疑ってみたくなる。めちゃで過激な行為が重なり、生活時間も定まらず睡眠も出たとこ勝負でとったりとらなかったりするうちに、いつか巨大なローンを抱えるように、疲れと寝不足を負債として背負い込んでしまったのではあるまいか。疲れは少しずつ回復したとしても、寝不足のほうは容易に解消しない様子である。だから年寄りは、少しでも借りを返済しようとして、暇さえあれば眠ろうと努めているのに違いない。

III　古い住所録は生の軌跡

物忘れが叶える境地

歳を重ねるにつれて起る我が身の変化には様々のものがある。その捉え方として大《おお》雑把《ざっぱ》に肉体と精神に分けて考えると、肉体の変化は比較的わかりやすいのに対し、精神の変容は容易に摑みにくいような気がする。

身体の方は目に見え、直接自分がどこかを動かしているのだから、起立や歩行や荷物の上げ下ろしなどに際してその部分が痛んだり軋んだりすれば、すぐ異変に気づいて動きをとめる。そして少し前まではほとんど無意識のうちに出来ていた動作が、今や注意してこわごわ試みねばならぬものへと変っていることに気づき、体力の衰えやあちこちの不具合を知って愕然《がくぜん》とする。つまり動作を通して自らの老朽化を意識するわけである。この意識というか自覚は、不快なものではあるけれど、しかし前もっての用心として機能する限りは必要なものでもある。それは事故や大怪我《けが》を引き起しかねないような危険を防ぎ、深刻な事態を遠ざけてくれる働きをする。

それに対し、年齢とともに起る精神面の変化を、肉体の場合と同じように捉えるのは難しい。そこにはより複雑な事情が絡んでいるように思われる。

まず老いによる精神面の単純な変化としては、物忘れの激増や勘違いの頻発があげられる。物忘れの激しさはほとんど暴力的であり、人名、地名はもちろん、口に出そうと思っていた固有名詞などたちまちどこかへ隠れて消えてしまう。

物忘れよりはやや少ないかもしれないが、勘違いの害も見落すわけにはいかない。何かを覚えているのは確かであるのに、その内容を間違えて覚えてしまっている。確信があるだけに始末が悪い。これは物忘れの裏返しのようなものかもしれないが、どちらも正当な方向を見失っている点では同罪だ。しかも、その二つが重なって生起する場合もある。

何かがなくなって、探さねばならないことになる。ここでまず問題となるのは、しまった場所を忘れている点である。これは物忘れの一つとしてカウントされる。

そして少し経ってから、前に探していたものを偶然発見する。考えていたあたりとは違う別の場所で発見する。そして驚くのは、置き場所を忘れて必死に探していたそれは、実は他のものと勘違いをしていたのであって、いざ出て来ても役に立たない次第となっている。記憶の消失と誤信とが線路上ですれ違いでも起したようなものかもしれない。混乱の中で物忘れの鬼がくすくす笑い、勘違いの河童《かっぱ》が奇声をあげて囃《はや》し立てるのに出会ったような思いが残る。どちらか一方だけの失敗であればまだよかったのに、と唇を噛む。つまり、精神はかくの如く弛み、張りも艶《つや》も失っている。これは若い頃はなかったことだ。

ところで、本当はその先が大事なところではないか、と秘かに考える。若い頃にはほとんど出合わなかった、その種の物忘れや勘違いが一面に広がる砂漠に立つと、そんなことは騒ぐほどの問題ではない、よくあることなのであって、どちらに転んでも大した違いは現れないさ、と雲の鼻唄のような声がどこかから聞えて来たりする。どっちでもいいよ、どっちでもいいさと繰り返すうち、本当に些事にこだわるのはつまらぬことだ、という気分がふと生れ、どんどん育ち始めているのを感じる。物忘れも良ければ勘違いも悪くない、と考えるうちに、周囲に穏やかな光が溢れてくるのに気づく。

これは若い季節の脂ぎった精神には容易に望めぬものであり、物忘れや勘違いや思い込みに溢れた老体の精神のみが生み出すことの叶う境地なのではあるまいか。

体力は一方通行であり、強く逞《たくま》しく育った後はただ衰退するしかない。しかし精神は老いるにつれてより自由となり、時によろけたり遊んだりしながらも、体力に反比例して豊潤な樹液を滴らすような気がするのである。

その時、こちらはもう……

何故だろう、と不思議に思うことがある。深刻な疑問というわけではないけれど、ふとそのことが頭を過《よぎ》ると余韻が尾を引くように残り、どうしてああなるのだろう、あれはそもそも何なのだろう、と考え始めている。若い頃はそんな些事にこだわったり、気がつくといちいち立ち止るようにして首をひねったりすることはほとんどなかったのだから、こんな疑問を抱くのはやはり老いの進行と関係があるのだろう。

勿体《もったい》ぶって書き始めたのは、日常の会話の中で年齢の近い人々と語り合ううち、ある種の話にさしかかると必ずといっていいほど発言者が薄い笑いを浮かべてしまうのは何故か、といった単純な疑問についてなのである。声たてて笑うのではない。何かをカムフラージュするために、含み笑いの如き表情を作り、半ば独り言めいた言葉を口にする。

——その時、こちらはもう生きてはいないだろうけどね。

言葉を補うために笑うのだろうか、それとも先に笑うことによって通路を開き、言葉が流れやすくなるような準備をしているのか。

たとえば、こんな具合である。十幾年か幾十年か先の話に熱中している際に、ふと自分の足許に目を落しでもするかのように、この言葉を口にする。——その時、こちらはもう……と。当の話者は薄く笑いながらそう言うのである。自分の発言に註でもつけるかのようにその言葉を補い、弁解でもするかのように笑いを滲ませる。弁解というより、照れ隠しに近いのかもしれない。

どうなるかわからぬことに夢中になり、仮定や予測や危惧にまみれて何かを論じ合ったりするうちに、ふと気づくと自分はその時既にこの世から旅立ってしまい、現場にはいないことに思い当る。その事実に自分でも驚いたり呆れたりすると、もう笑うより他にないとの気分に襲われ、つい苦い笑いをつけ加えてしまうのか。どこかで鬼が笑っていそうな気がするので、仕方なくこちらも鬼に合わせての追従《ついしょう》笑いをしてみせる次第であるのか。

だからといって、今からしばらく先のことを心配したり議論したりすること自体が無駄であろう筈はない。計画とか目標とか夢とかいうものは未来の中に生きているのであり、それが現在を先へと引きずって行く。したがって、先の話をする時、人は必ず笑うわけではない。五年計画とか十年目標などというものは、熱く論ぜられるべきテーマであって、言い訳めいた笑いなどの忍び入る余地はない。その種の議論の場で人は笑わない。

ではどんな時、いかなる条件のもとで人は——その時、こちらはもう……などと呟きながら薄く笑うのか。

これはもう、仕方がない、と諦めるしかないことを悟った故の弱い笑いであるように思われる。論じている内容とは関係なく、それがどれほど壮大な夢であれ、いかなる窮状であれ、自分の身はそこまで届かず、ほぼ確かにその前にこちらが消滅してしまっている、という事態を認めた諦めの笑い。謙虚な笑いというより、むしろどこかに卑屈な影の宿る笑い。

本当は、そんなふうに笑わぬほうがいいのだろう。論じている事柄は、未来の時間の中に据えられているのであり、論じている人々は、その遥か手前で尽きるであろう自らの生命を抱えて生きている。残された時間が短くなればなるほど、その時こちらはもう……とどこか自嘲的に笑いながら呟く人は多くなる筈である。高齢者が増すとその種の笑いも多く生れ、結局は未来が存分に力をふるうことを妨げかねない。

あまり、未来の場に自分がいないことを気にかけぬほうがよいのかもしれない。自分ではなくこれから育っていく幼い生命が、未来の場でどのように守られ、いかに成長していくかに気を配らねばなるまい。——その時、こちらはもう生きてはいないだろうけどね……などと歪《ゆが》んだ笑いを浮かべて拗《す》ねているゆとりはあるのだろうか。

古い住所録は生の軌跡

一年半ほど前、「老いた住所録の引越し」というタイトルの文章を書いた（本書「人生ノートの余白」の章に所収）。移転が重なったり、つき合いが遠のいたり、時には亡くなる人が出たりして、以前の記載を書き替えることを重ねるうちに内容が見辛くなったので、住所録の全体を書き替えようと思うのに、その仕事が億劫でつい一日延ばしとなり、いつまで経っても手がつかない。これはもう書き替えなどしないほうがいいのではないか、と考えるに至るまでの経緯を綴ったものだった。新しい住所録のために薄緑色のプラスチックの表紙を持つルーズリーフまで買ったのに、と未練のある書き方をしたのを覚えている。

当時は心残りを抱えつつ最後の決心がまだつけられなかったのだが、それから月日が経つうちに次第に気持ちが固まり、住所録の書き替えを放棄する結論に到達した。名前や住所を整理したり、書き替えたりする必要がない、と判断したからではない。最新の情報に基づいて内容が整然と列挙された住所録は見やすく、使いやすく、便利ではあるに違いない。しかし、そこで抹消されたり、切り捨てられたりした名前や土地は、もう再び自分の中に蘇って来ることはないのではなかろうか。

少女の名前で親のアドレスのもとに登場し、やがて独立してマンションの一人暮しとなり、結婚式への招待状が届いて姓も住所も変更され、なぜかそれがまた別の記載に移るといった場合など、記入された文字の上に幾本もの横線が引かれ、矢印が描かれ、ページの変更が注記され……といった修正や変更が重なって、現在の相手の姓や住所に辿り着くのも容易ではない。

しかしその苦労は、ある人物の生の軌跡がこちらの暮しに接近したり、遠ざかってふっと消息が絶えてしまったりした過程を、修正や加筆や部分的訂正などといった形を通して辿り直す作業のもつ興味に比べれば、問題ではあるまい。

整理や書き直しは、便利さや仕事の早さ、正確さなどにとっては必要不可欠の手入れであるかもしれないが、同時にそれは過去の否定であり、抹消であり、人の歩んだ道に目を閉すことにもなりかねない。

そのくらいなら、たとえ読むのに苦労しても、住所録の迷路にはいりこんだまま目指す地点まで簡単には行き着かないことがあったとしても、雑然と入り乱れる過去の藪《やぶ》の中にしばし立ち続けるほうがより自然であるような気がする。

つまり、かつては仕事の億劫さに阻まれ、手のつけられぬことに負い目を感じたまま立ち竦《すく》んでいたのだが、その億劫さを受け入れ、負い目の上に居直って、古い住所録は古いままでいいのだ、読みにくい記録は読みにくい形を変えずにただなぞっておけばいいのだ、と考え直す気分が生れ、それが次第に強固なものに育った。

決断したのでもなければ、熟慮の結果でもない。ごく自然にそう思うようになった――住所録の書き替えは止めよう、と。汚い、読みにくい字や醜い曲線の入り乱れたページは更新するのではなく、保存し、同化し、共に暮す対象として、あたかも普段着の如きものとして扱うようにしよう、と。

そこへの変化は、自分でも気づかぬうちに少しずつ進み、今や住所録の書き替えはほとんど意識にのぼらなくなった。薄緑色のプラスチックの表紙を持つあのルーズリーフは何に使おうか、と考えるのがせいぜいである。

なんとかしなくては、と肩肘張って立ち向おうとするのではなく、古いものは古いまま、汚いものは汚いまま、わかりにくいものは不可解なまま、すべて受け入れて暮していけばよいではないか、と思うのはただの諦めや横着とは違う。もう少し積極的にして悠揚迫らぬ構えがそこに芽吹こうとしているのではないか。それを老いの成熟と呼びたい、などと主張するほど厚かましくはないけれど——。

物忘れと思い込みの比例

物忘れのひどさについては、今更なにかを語る気にはなれない。それが似た年齢の人々との間で、話題としてのおかしさや面白さを保っていたのは、六十代にかかったあたりまでであったような気がする。まだこの歳であるのに、もうこんなに物忘れがひどくなっているとの驚きが、一種の滑稽さを伴う話題としての力を保っていた。そこには、自分を笑うゆとりと、物忘れを半ば遊びのように扱おうとする気分が生きていた。

しかし物忘れが甚だしくなって日常茶飯の出来事となると、それを語ったりそっと洩らしたりするのが、面白くもなければ楽しくもなくなってしまう。気をつけないと、

物忘れと思い込みの比例

物忘れの急激な進行を本気で心配する周囲から、この人、大丈夫だろうか、といった疑いの目を向けられかねない。もしかしたら、と疑われた当の本人自身が不安を覚える折もあるくらいなのだから、はたから見たらかなり危うげに感じられるケースもあるだろう。物忘れが進むのを警戒し、少しでもそれを阻もうと努力するとしても、自分が何を警戒するつもりであったかの中身を忘れてしまえば、努力は空転するのみである。

物忘れとは反対の、もう一つの困った事態がある。思い込みである。物忘れは記憶にあったものを失うのだから、いわば時間の縦の軸にそって発生する変調であるのに対し、勘違いによる思い込みは、ありもしなかったことをあたかも実際にあったかのように信じてしまう現象なのだから、こちらは空間の横軸の上に現れる変異であるといえよう。

別の考え方をすれば、物忘れはかつて自分の中にあったものを見失うのだから喪失であるのに対し、勘違いの思い込みはありもしなかったことや物をあたかもあったかのように固く信じてしまうのだから、幻の獲得である。どちらが良いも悪いもない。

いずれも現実から少しばかり浮き上って離れてしまっている。

ただ面白いのは、物忘れの程度が進むのと比例するかのように、勘違いによる思い込みの度合いが激しくなることである。あたかも、物忘れによって失ったものを取り返そうとするかのように思い込みが激化する。

個々の事象について、物忘れで失ったものを、思い込みが取り返そうとするわけではない。忘れてしまったことを幻によって補塡《ほてん》しようとするのではない。気持ちの動きの全体をみれば、物忘れの穴を思い込みが埋め、そこに奇妙なバランスが生れているような気がするのだ。共通する立場は現実離れなのだから、どこか裏の方でお互いに手を廻し、辻褄《つじつま》を合わせているのではないか、と勘繰ってみたいような気分さえ覚える。

そんなことは、若い頃には考えもしなかった。物忘れはあったし、勘違いも少なくなかったろうが、その二つを結びつけて考えてみよう、などとは思いもしなかった。年齢を重ねるにつれて自分の内部に溜り続けて来た物忘れや勘違いの思い込みの総量が、いわば一種のエネルギーと化して我が身の中に渦を巻くかのようである。

日々の暮しの中では、物忘れは困るし、見当違いの思い込みは周囲の人に迷惑をかける恐れがある。実害が発生するケースも起り得るので気をつけなければならぬ、と終始我が身に言い聞かせる。

しかし、その隙をついてすぐ顔を出すのが、物忘れや勘違いの思い込みなのである。忘れたものは仕方がないから空白のまま放置すればよいのに、どこかで小賢《こざか》しい配慮が働くらしく、いかにもありそうな別の絵をそっと見せてくれる。物忘れの隙間を抱えた後ろめたい意識は、たちまちその虚像に飛びついてそれを信じ込む。この時の勘違いの力は強烈で、ありもしなかったものをまざまざと目の裏に浮かび上らせてくれる。実際に確かめてみると幻に過ぎぬのに、現実以上にその幻影は生々しい。

実をいえば、今もその種の思い込みを三つ四つ抱えている。たとえば——封筒にはいった幾枚かの紙幣は服のどこかのポケットの底で眠っているのだし、大事な紙片は名刺入れにしまわれ、書き写したつもりの資料は鮮やかなインクの色を残したままルーズリーフの中に住みついている。

良い老人の危ない遊び

相撲に蹲踞の姿勢なるものがある。ソンキョと読むが、力士が仕切りにはいる前、膝を開いて曲げ、踵《かかと》を上げたうえで上体をまっすぐに立てる姿勢を言うらしい。これから闘おうとする力士が、お互いに向き合ったまま背筋をすらりと伸ばして下半身をそっと沈める、この静と動の組み合わされた姿勢は美しい。

見ているとまことにカッコイイので、つい真似をしてみたくなる。仕事の机を離れて一時立ち上ったた時や、または寝る前にパジャマに着替えて素足で床を踏んだりした時、ちょっとその姿勢を真似したい気分に誘われる。そんなふうに静と動とが自分の中で嚙み合ったらいいな、伸びるものと曲るものとが出合いと離反を繰り返しながらしばし身の内に宿るといいな、などと勝手に考える。

ところが、いざ実際にそんな姿勢をとろうとすると、たちまちよろけて尻餅をついたり、横や後ろに傾いて倒れたり、ほんの短い間でも安定が保てない。接地するのはほとんど両足の爪先だけであり、そこで縦になった身体全体を支えるのだから、考えてみれば難事業ではある。

しかしある時期まで、力士を真似て蹲踞の姿勢をとるのにそれほどの困難は覚えなかった気がする。背筋のすっきり伸びた美しい姿勢とは程遠いにしても、両足の爪先で身体を支えることは出来た。多少ふらふらすることはあっても修正し、短い時間ならその体勢を保つことは可能だった。

いつの頃からか、それが全く不可能となった。身体のバランスをとることが出来なくなっている。というより、バランスをとるとはいかなることであったか、を身体が忘れてしまったようなのである。

その感覚の欠如は、直ちに転倒の危機を呼ぶ。なるほどこれでは、転ぶのも無理はないな、と納得させられる。ズボンを穿《は》く時や靴下を脱ぐ時、片足立ちになるとたちまち転びかける。それはわかっているが、だからといって始めから坐って何かをするのはシャクなので、ふらついて危うい時にすぐ摑めるものが近くにあることを確かめ、またもし転んでも大丈夫なように柔らかなものを周囲に配置した上で、あえて危険に挑戦する。充分に用心した上でかかれば、さほど重大な事態に陥ることはまずめったにあるまい。

危険を逃れてうまく片足立ちが出来たとしても、そのことに特別意味があろうとは思えない。ほら、大丈夫じゃないか、と見返すような口調で呟いてみたり、ざまあみろ、と憎まれ口を叩くのがせいぜいで、誰も褒めてくれないし、また褒めてもらおうとも思わない。

その種の愚かな行為は避けるべきであり、万一ということもあるのだから、馬鹿な遊びなどするものではない、と窘《たしな》められれば、全くその通りです、と忠告は受け入れざるを得ない。そのことをすべて承知の上で聞えるか聞えぬかの声で呟くのだが、しかしあの危ない遊びの中には、全面的に否定し去ることの出来ぬ大切な何かが宿っているような気がしてならないのである。

いけない、と言われたことはしてみたい、という天《あま》の邪鬼《じゃく》の精神が働いているのではあろうけれど、どこか反抗期に似た精神の動きや、直ちに良い子になって引き下がることへの抵抗感などが意外に強く自分の中に生きているのに気づく。

バランス感覚が衰え、蹲踞の姿勢もろくにとれないような年寄りは、より若い人々にとかく迷惑をかけがちなのだから、それ以上の面倒をかけぬように、良い老人になるべく努めねばなるまい。

しかし一方、良い子ばかりの集団がつまらないのと同じく、良い年寄りばかりの群れというのも興醒《きょうざ》めするものではなかろうか。

だから年寄りは、充分に用心した上で悪戯を働き、熟慮をともなって軽弾みに挑み、常に最悪の事態だけは避ける判断と用意を身につけているべきだろう。たとえ蹲踞の体勢を構えるのが難しかったとしても、せめて精神におけるバランス感覚の喪失は避けたいものと願わずにいられない。

自力で動けなくても

家を出て駅に向けて歩く途中、子供達の集団にぶつかることがある。子供といってもまだ小学校にも上らぬ幼児達であり、二十人前後が揃いの黄色いスモックに黄色い帽子をかぶり、三人の保母さんに付き添われて道の片側を歩いて来る。とりわけ天使のように美しくもないけれど、小鬼のように憎らしくもない。近くの保育園にでも預けられている様子のごく普通の子供達である。もしあの中に自分がいるとしたら、先頭の保母さんの近くに立って仲間の世話でも焼くような顔つきをしているあの子だろうか、それとも列の中ほどでつまらなそうな表情のままあたりを眺めている、帽子が脱げそうに傾いているあの子だろうか、などと想像する。近頃はこういう列に突然自動車が突っ込んだりすることもあるのだから、引率の仕事も大変だろうな、と子供の列を見やりながら首を左右に振る気分にもなる。

電車に乗ると、今度はベビーカーに乗った幼児に出会う。こちらが乗客の多い時間帯を避けて出かける傾向があるので、そうした親子にぶつかる機会がふえるのだろう。そしてベビーカーの主人公達は半ば仰向《あおむ》いて外を眺めているため、上から覗《のぞ》くと自然に眼が合う。こちらが何か信号を送れば、それに敏感に反応して笑ったり、両足を動かしたりする。かつての乳母車の子供はこんな姿勢で外界に対応するのが難しかったので、彼等に接しようとする大人はこちらが車の上に被《かぶ》さったり、腰を曲げて車の中を覗き込んだりせねばならなかった。しかしベビーカーの主《あるじ》ははじめからある角度で身を起しているので、ごく自然に眼が合い、対面が実現する。

眺めていると、つい笑いかけたり言葉を交そうとしたりするのは、歳を重ねた女性である場合が多い。これはベビーフレンドとでも呼ぶべき人間関係ではないか、とひそかに考える。子供の若い母親はほとんどの場合イヤな顔はせず、幾つになるのか、との質問に答え、育ち具合を説明する。仕方がないと思って年寄りの話相手になってくれるのかもしれないが、概して優しい空気が生れ、子供を中心にした穏やかな場が出現する。いつ止めてもよい会話であり、どちらかの下車する駅が来るとバイバイと手を振って別れるだけの、ごくあっさりとしたベビーフレンドである。

一方、午後の時間が多いが、家の前に横づけにされたデイサービスのマイクロバスから、時間をかけてゆっくりと老人が降りて来るのに出会う折もある。家から迎えに出た人に手を引かれて帰っていくが、時には白いワンボックスカーがとまり、後ろのドアが上に開いているのに、車椅子の乗客がなかなか降りて来ない、といったケースにもぶつかる。こちらは保育園の保母さんほど若くはない介護関係の女性が、急かせることもなく穏やかに老人の面倒をみている。

かつて、揺り籠から墓場まで、といった言葉で人が生れてから死ぬまでの時間を表現したことがあったけれど、昨今はベビーカーから車椅子まで、と言った方が人の生きている時間を示すのに適しているのかもしれぬな、という思いが頭を過ることもある。揺り籠も墓場も場所が固定しているのに対し、ベビーカーも車椅子も移動を前提としている。つまりその分だけ活動的なのであり、生命力の幅が増しているような感じを受ける。

いずれにしても、人が動き廻ることが出来るのは大切なことである。最初と最後はそれが自力では遂行不能であるかもしれないが、親や子供や、その他様々な人達の助けによって、生活する空間が少しでも拡がることは望ましい。

この国の人口の少子化と高齢化についてはしきりに論じられるけれど、それは数量的な問題であると同時に、当の対象となる年齢層の人々がどのような暮しを送るか、といった質の問題をも含んでいる。人口や年齢の数量面は未来の予測が可能かもしれないが、生活の質の面がどう変化するかを推察するのは難しい。この国の高齢化への参加者、推進者の一人として、少しでも先のことが考えられれば、と念じているのだが……。

八十より先は一年一年

パーティーとはある目的を持った集りであり、祝いごとにせよ、お別れの会にせよ、当の目的に呼び寄せられた人々が参集することによって成立する。

しかし多くの人々が顔を合わせると、集り本来の目的とは別に、出席者達が久々の再会を喜んだり、近況を知らせ合ったりすることも少なくない。とりわけ年配の出席者が多い会では、挨拶がわりのように、健康状態や年齢のことが話題となる。

先日、あるパーティーに出かけた折のことである。一人の女性の出席者から、貴方は幾つになったか、と訊ねられた。記憶ははっきりしないが、どこかで以前に会ったことのある人のようだった。ゆったりとした身体つきと活気のある表情をもった、こちらとさほど変らぬ年頃の人と思われた。

ひと月ほど前に八十代に達したところだと答えると、その人は跳び上らんばかりに両手を打ち合わせて喜んだ。久し振りに自分より年上の人に会えて嬉しい、とその喜びの理由を教えてくれた。最近はどこに行っても自分より若い人達ばかりで、こちらが年寄り扱いされるのにいい加減うんざりしていたのだ——と。似たような覚えのある身には、その人の気分がよくわかった。

おそらく実際の年齢はこちらとさほど変るまいと推測されたが、それでも自分のほうがより若いことを喜んでいる女性に祝福の笑いを捧《ささ》げてその場を離れた。

人々の間を少し移動すると、今度はこちらより少し年長の一人の出席者に出会った。前から知っている男性で、たしか昭和一桁前半の生れであった筈だ。そこでも自然に健康の話題が出た。お互いがとりあえずは元気であることを喜んだ後、自然と年齢の話題に移った。

八十歳になった時、年来の目標に到達したと感じてほっとしたものだ、とその人は笑いながら自分に頷いた。同感です、とこちらも共鳴する気分を伝えた。七十代から八十代にかけての坂が難所であり、それをなんとか登り切るのが課題だ、と前からよく聞かされていたからだ。

かつては還暦を過ぎた後は、古稀《こき》（七十歳）や喜寿《きじゅ》（七十七歳）といった区切りが年齢の節目として重視されたと思われるが、我々の寿命が延びるにつれて、むしろ八十の坂を登り切ることのほうがより切実な課題として重視されるに至った。

古稀とか喜寿といった飾りのついた呼び名ではなく、いつか七十歳、八十歳といった剝き出しの数字のほうがリアリティーを持つようになった。だから、八十代に届いた時、人は傘寿《さんじゅ》などという呼称を思い出すのではなく、やれやれと一息ついてその裸の数字を撫《な》で廻す気分になるのであろう。

次にその人が洩らした言葉が身体の芯に届いた——目指す八十代に達して一安心した時、その先の目標が急になくなったような気分を覚えた、というのである。無事に八十歳となるのが切実な望みとしてあった以上、いざそれが実現してしまうと、その先をどうすればいいか、目標を見失ってしまったような気分に陥るのかもしれない。次の十年を考えて九十代を目標に生きればいいのかもしれないが、さすがにこの数字はいささかリアリティーに欠ける。八十代はまだ努力目標として存在したけれど、更にその十年先はあまりに遠くて視界の彼方に霞《かす》んでしまっている。

だから、今はもう八十より先を一年、一年と区切ってとりあえずそこまで行くことを目標にするしかないのでしょうな、とその人は半ば諦めたような口調で笑いながら呟いた。しかし顔を見ると、その言葉を裏切るような静かな力が眼のあたりに浮かんでいるのが見てとれた。

そんなふうにして、あまり遠くを見ようとせず、ここからの一年一年を小刻みに、しかし着実に積み上げていくのがこれからの歩みになるのかもしれない、と感じながら、お元気にお過し下さい、と挨拶してその場を離れた。

男性老人の単独行

家の中の景色はほとんど変ることなく日は過ぎて行くけれど、一歩外に出ると様々な変化にぶつかる。

一日に一度は散歩することを心掛けるようになって何十年かの歳月が流れた。そして家を出る度に、似た時間に同じ道を歩いていても、前とは違う光景に出会って、おや、と思うことがよくある。

変らないのは幼児を連れた母親やおなかの大きな若い女性を度々見かけることで、そんな時には日本人の出生率が低下したとか、人口構成の高齢化率が上昇したとかいわれるのは本当だろうか、とふと疑う気分に誘われもする。

しかし幾らも歩かぬうちに、道の角を曲って来る老人、少し前を歩いている老夫婦らしい二人連れ、買物用の車を曳《ひ》いているもう若くはない女性などが目にとまると、やはりここは年配者の暮す土地なのだな、とあらためて感じることになる。それはこの町に限らぬ現象であるのだろう。

しかし少し気をつけて眺めていると、一口に年寄りとはいっても、前とは違うところを発見する。

かつてのある時期、六十代くらいの男性の一部を評して「濡れ落葉」という言葉が用いられたことがあった。定年などで仕事を離れどこか精気の欠けてしまった夫が、まだ充分に元気な妻の後をついて歩く姿を見ての言葉であったろう。文字通りそんなカップルに出会うのは珍しくはなかった。堂々として力を残した女性は少し意地悪なほどのゆとりを見せ、男性の方はおどおどしながらひたすら妻につきまとうといった眺めは、あまり好ましいものではなかった。

気がつくと、しかしそういった「濡れ落葉」は見かけなくなった。そのかわりに、男女共学ふうの年齢の進んだカップルが出現した、と感じた時期があった。こちらは年齢の足並みを揃えて歩いていくような雰囲気を漂わせていたが、どこかに少し物足りなさも覚えた。

それはともかく、最近気がつくのは、男の年寄りが急に道に出て来た印象が強いことである。以前は女の年寄りが一人で買物に出かけたり、なにやら忙しげに歩く姿にぶつかり、歳を取っても女性は元気だな、と思うことがよくあった。

今でも年配の女性が活気を持つことに変りはないが、近頃になって独り歩きしている年配の男性がふえて来た。多くは杖を持ち、前屈みで少し腰の落ちかけたような姿勢で歩いている。そこには体力維持や老化防止のための運動を目指すトレーニングなどの気配は見られず、より自然な、老いの歩みとでもいった風情が滲み出ている。

こちらもまさにそのような動きにのって散歩しているのだから、同行者の足の運びや姿勢を見ては我が身を矯正しようと努める。もっと背筋を伸ばさねばならぬ、もう少し歩幅は広いほうがいい、などと――。そう思ってもなかなか出来ることではないけれど、しかし一種の刺激を受けるのは確かである。

老夫婦が労《いたわ》り合いながらスーパーマーケットなどに買物に出かける図は悪くないが、

しかし男性老人の単独行の絵もなかなかに好ましいものである。転ぶ危険や腰の痛み、息切れや咳《せ》き込みなどには気をつけて歩まねばならぬとしても、そこになにか意志的な力が働くのを見るとこちらまで元気づけられる。

散歩の道のみでなく、時折乗ることのある電車のシートでも老男性に目がとまる。優先席に坐っても、若い人達のように携帯電話や電子的な端末らしき機器に指先を走らせるのではなく、本を読んでいる。カバーがかかっているのでどんなものかはわからぬが、文庫本である。時代小説か、ミステリーか、などと想像するだけでも楽しい。先日など、向い合った両側の優先席に坐った六人の年寄りのうち、男の三人が文庫本や新書を読んでいた。しかしさほど長い時間ではなく、しばらく読むと本を鞄にしまって次は居眠りへと移る。それなりに忙しい眺めである。どの男性も停止してはいない。何かが動き続けている。

オジイサン像にズレ

男がいつ頃からオジイサンになるか、との問いに明快に答えるのは難しい。法律の上では六十五歳以上の人が高齢者の扱いを受けるようだが、実際はオジイサンとは年齢という数字では摑めぬ、もう少し曖昧な存在であるらしい。というのは、客観的なオジイサンのイメージと、主観的なオジイサン像との間にズレがあると思われるからだ。

我が身を振り返ってみると、自分が他人から初めてジイサン呼ばわりされたのは、まだ四十代にかかるかかからぬかの頃だった。相手は小学校高学年あたりの悪童達であり、明らかに悪意の表現としてその言葉を投げつけられた。

当時住んでいた家の隣接地に、使われなくなった建物があり、その屋外階段を上下して遊んでいた男の子達に向い、鉄が錆《さ》びて脆くなっていて危ないからそこで遊んではいけない、と声をかけた。すると彼等の一人が駆け出しながら「ウルセー、ジジイ」と反抗的な叫びを返した。それでもぱらぱらと走って逃げて行ったのだから、こちらの忠告はそれなりの効果をあげたようだった。

けれどそれとは別に、「ジジイ」という罵声にショックを受けている自分がいるのに気がついた。いくらなんでも俺はまだジジイではないぞ、と言い返してやりたい気持ちが強く動いた。同時にしかし、実年齢とは関係なく、「ジジイ」という呼び方は悪意をこめた蔑称なのだ、と知らされもした。

当時はまだこちらも黒い髪が豊富にあり、走り回ることもキャッチボールも苦労なしに出来たのだから、「ジジイ」と呼んだ子供を捕まえて、「お前のいうジジイとは幾つくらいの男のことなのか」と詰問してみたかったたし、言葉遣いは正確にせよ、と諭してもやりたかった。

これは子供相手の話であり、マンガめいた極端な例であるのは明らかなのだから、もちろん一般論にすぐつながるわけではないけれど、しかし年齢の客観像と当の人物の自覚との間にズレが存在するのはよくあることである。

たとえば先年、七十代の男女の恋愛小説を書き、それがラジオドラマとなって放送された時のことである。「高く手を振る日」と題したその作品に出演してくれたベテランの役者が主人公の男性として語り出すのを聞いた時、ア、チガウ、と思わず声を洩らしそうになった。原作の小説を書いた作者の中にあった主人公の年齢イメージと、ラジオドラマの登場人物が示す年齢イメージの間にズレがあった。つまり、ラジオドラマの人物は、原作者の頭にあった人物より、明らかに老人臭くなっていた。小説の主人公はそんなにオジイサンではないよ、と言いたかった。

もちろん原作である小説とラジオドラマとは表現の次元が異なるのであり、脚本化を経て演出されたラジオドラマと小説とは別の作品であるのだから、そのラジオ作品に異を立てるつもりはない。作品評をしたいのでもない。ただ、六十代の半ばあたりの実年齢と思われるその役者の抱く七十代の男のイメージは、このようなものであるか、と知って複雑な気持ちを覚えた。小説の作中人物を巡ってではあるけれど、ここにも年齢の客観的イメージと原作者の持つ主観的イメージの間にズレがあるように感じられた。

ラジオドラマとなって放送されたその小説が、最近文庫化されることになった。単行本には空と雲を描いた装画が使われていたが、文庫のカバーは別のものになる、という。

こういう方向でどうだろう、と編集者から示された案を見て、ラジオドラマの時に似た一種の違和感を覚えた。そこには、いかにも老人めいた雰囲気の男性の姿が描かれていたからだ。これは少し違うように思うのだが、と意見を述べて絵柄を少し修正してもらった。

この年齢イメージにおける主観と客観のズレの間には、案外大事な問題が隠れているように感じる。オバアサンの場合には、オジイサンのケースより一層複雑な点が多々あるのかもしれないが、今はまだわからない。

「おじいさん」の自覚

「オジイサン像にズレ」と題した文章を書いた。我が家の隣接地にあった廃屋の外階段を昇ったり降りたりして遊んでいる子供達に、鉄が錆びて脆くなっているので危ないから、そこで遊ぶのは止めろ、と注意したところ、逃げ出す小学校高学年ほどの男の子から「ウルセー、ジジイ」と罵声を浴びせられてショックを受けた、という話から始まる一文だった。当時四十代そこそこであったこちらは、「ジジイ」と呼ばれたことにショックと違和感を覚えたのだった。

新聞でその文章を読んだ孫から手紙が来た。話に出て来る悪童と似た年齢の、中学一年生になった男の子である。「ウルセー、ジジイ」は相手の年齢には関係のない嫌悪の情の表明であり、もしその時の相手が二十代の人であったとしても、たぶんそのセリフをぶつけたろう、と手紙に書かれていた。

そのことはこちらも気づいていたし、「ジジイ」呼ばわりが反発と悪意の表現であろうことも意識していたので、特に意外な批評ではなかった。ただ、それに続く文章を読んでふと考え込んだ。

「そして実際にこの日から自分が『おじいさん』だと自覚し始めたのですか？ それともまだあの時よりもっと自覚させる出来事があったのですか？ あったら今度また教えてください」とそこに記されていた。

急いで質問に答えれば、逃げる子供の一人から「ジジィ」呼ばわりされた時から、自分が「おじいさん」だと自覚し始めたわけではない。それからまだしばらくは、「おじいさん」には自分は遠いと思いながら日を過した。

とはいえ、ふと立ち止るようにして、「初老」という言葉は何歳くらいの年齢を指すのかと気にかかり、そっと国語辞典を開いてみたりした。そして「初老」とはもとは四十歳の異称であるとの記述に接して驚きもした。

しかしいずれにしても、まだだ、まだ先だ、と積み重なって来る年齢を両手で押しやるようにして暮して来た。そして今日に及んでいるのだから、「おじいさん」の自覚は持てぬまま歳を重ねて来たことになる。つまり、四十代そこそこの時期に悪意をこめて「ジジィ」と呼ばれて以後、一向にその自覚は育っていない。

貴方は「おじいさん」だ、とはっきり言われるのは、今やお世話になっている医師の先生方からである。各種の検査の結果説明を受けた後、しかしお歳ですからこの程度なら、などと慰めるようにつけ加えられることが多い。仕方がないので、こちらも笑いながら頷くことになる。

その時にもしかし、本当に「おじいさん」の自覚が生れているか否かは疑問である。老化には個人差が大きいから、という便利な指摘が思い出され、自分はより若い（老化のより進まない）層の内に含まれると考え、まだまだ大丈夫、もうしばらくはなんとかいけるだろう、などとの思い込みが生ずる。だとしたら、「おじいさん」の自覚は一向に成熟しないわけである。

時折、ふと考えることがある。「おじいさん」という呼び方を自分は拒んでいるらしい——と。幼い子供を前にした時など、何かを扱いかねて苦労している様を見ると、どれ、「おじさん」にかしてみろ、と手を出して助けてやることはあるが、「おじいさん」にかしてみろ、とはなぜか言いにくい。相手が孫であれば自分を「ジジ」とか「オジーチャン」とか呼んだりすることに抵抗はない。それが血縁上の祖父を示す言葉であって、年齢を指すことにウェイトがかけられていないからだろう。

見知らぬ他人に対して、自らを「おじいさん」と呼ぶのは難しい。なにやら恥じらうような気分が働くからだ。自分のことを、自分からごく自然に「おじいさん」と呼べるようになるのは幾つくらいからなのだろうか。いや、最後までそんな呼び方は自分では出来ないのかもしれない。「おじいさん」は今や行方不明になりかけている。

老いて引力とつき合う

人工衛星とか宇宙船とかいうものに特別の興味は持っていないけれど、無重力状態なるものにはいささか関心がある。テレビのニュース画面などに、奥の穴のような別室からふわりと現れ、特に身体をどこか動かしたようでもないのに、船内の狭い空間を横になってゆらゆら移動する乗組員達の姿態を見ていると、奇異の感を受ける前に、あの人達は転ぶという心配をしないでいいのだろうな、との羨望めいた思いが湧く。当の特別の場所では、転倒予防の杖とか松葉杖といったものも不要であるに違いない。

そんなことを考えるのは、こちらが地球の引力なるものにしっかりと摑まれ、常に自分の姿勢や動作に気を配らねばならないからだろう。二足歩行による重心の高さにつけこみ、隙さえあれば地面に叩きつけてやるぞ、といった底意地の悪い力に常に脅かされているからだ。

実際、日常生活のあらゆる場面で、この力を意識させられる。まだ若く身体も健やかな時期はバランス感覚も鋭敏なので姿勢も安定しているが、年齢を重ねるにつれてその感覚は衰え、足許の小さな異常によってもよろけたり、転んだりしがちである。たとえば、サンダルを履いて庭などを歩く時、地面の微《かす》かな凹凸に出会っただけでついよろけたりする。敷石の縁を踏んだだけで重心を外して倒れそうになる。サンダルが脱げかけて危うく転びそうにもなる。あ、と声が出た時、転んで地面に横たわっている自分の姿が見える。想像するというより、ほとんど実像としてそれが見えてしまう。

失敗は転倒だけに限らない。手に持っている物を落したり、拾い上げかけた物を再び丁寧に落したりもする。これも引力の仕業であろうか。

スーパーマーケットなどの勘定場で、金を支払おうとする人がよくそれを落す。紙幣を落すのを見たことはなく、ほとんどの場合、落下するのはコインである。しかも小額のもの、軽い一円玉が圧倒的に多いように思われる。先日の夕刻、あるマーケットで買物をして勘定しようと列に並んでいた時、順番が来たすぐ前の女性客が金を支払おうとして一円玉を床に落した。黙ってそれを拾った彼女が身を起しかけたところでまたそのコインを落した。拾い損なうというより、一度確かに拾ったものを再び落した感じだった。最初に拾う時はあまり表情を動かさなかった初老の女客が、今度はアラと小さな声をあげ静かな笑みを浮かべるのが目にはいった。多少きまり悪そうではあったにしても、しかし穏やかな表情だった。そうですよ、落すというのはそんなふうに二度、三度と繰り返すことを言うのですよ、と声をかけたかった。日頃こちらも同じことをよく経験するので慰めの言葉をかけようとしたのではない。地球の引力と親しい人がそこにいる、とでもいったような感想がふと湧いたからだった。

落すといえば、一般には注意不足や集中力の欠如などが問われ、時には運動神経の衰弱が指摘されたりするだろうが、そこにもしかしささやかなドラマがある。何か手にしていた毀《こわ》れ物が、ふとした拍子に床めがけて落下し始める。しまった、と咄嗟《とっさ》に手を伸ばしてそれを空中で摑もうとする。二度、三度と指の間をすり抜けかけたり、手の甲で弾んだりして、危うく床に叩きつけられようとした寸前にうまくそれを受け止めて破損から救うことに成功する。

そんな時、落下のきっかけを作った行為より、それを破損から救った行為のほうが印象が強く、そこで活躍したのは繊細な運動神経と敏捷《びんしょう》な動作である、と称賛されたりすることもないとはいえない。つまり、落下とは地球の引力とのつき合いであって、避けることの出来ない現象なのだろう。

と同時にしかし、それが不可避なものであればこそ、引力に拮抗する力で地表に垂直に立つことも望まれていいといえる。

そして考えてみれば、転ぶとは自分を落すことに他ならない。落してはならない。ここは無重力の世界ではなく、地球の上なのだから。

喪中欠礼の季節

今年もまた、年賀状の季節が訪れた。というより、例年の如く年末ぎりぎりまで追いつめられてから慌てることのないように、と焦る気持ちがたかまって来る。賀状印刷の準備など行動を起す前に、まず気分として焦燥の日々が襲来するわけである。

なぜか、わかりきったこの事態を避けることが毎年出来ない。まだ大丈夫、あと数日はいいだろう、などと考えるうちに年末の日々が過ぎていく。お年玉つき年賀はがきが発行され、そのための売場があちこちに出現して赤い幟《のぼり》が寒風に煽られるのを見る度に、なんとかしなければ、との思いに追い立てられる。

ちょうどそんな時期をめがけて到来するもう一種の葉書がある。年賀状のように年が明けるとまとまって届くのではなく、ぽつり、ぽつりと年末にかけて静かに届く。喪中につき年頭のご挨拶を失礼します、といった欠礼の葉書である。いわば負の年賀状とでもいったその種の葉書に接すると、様々な感慨を嚙みしめつつも、こちらは年賀状の準備に向けてようやく動き出す。数えてみたわけではないけれど、新年に届く年賀状が次第に減少し、年末に到来する欠礼の挨拶が増加する傾向があるようだ。両者が反比例するといえるほどの対比を示すわけではないけれど。

年賀状は子供の頃から先生や友達に書いていたが、欠礼の挨拶状を書くのは、かなり歳を重ねてからの仕事である。自分がその必要に直面したのは六十代にかかった頃であった。九十歳を越えた父親が病院にはいり、この先あまり長く入院生活が続くことはないだろう、との判断が医師の言葉の端々からうかがわれた際である。病人の状態がどうなるかの心配はもちろんだが、その他に入院が年末に近かったために、年賀状の印刷にかかるべきか、あるいは欠礼の葉書を出す準備を整えるべきかの判断が難しかった。もし年内に亡くなるようなことになれば、喪中なのだから年賀状は出せない。かといって、欠礼の葉書を早々に準備する気にはなれない。

兄と相談し、年賀状を出すのは難しそうだが、とにかくぎりぎりまで待って様子をみよう、との結論に達した。結局父は十二月の半ば前に亡くなったので、それから欠礼の挨拶状を出す仕事にかかった。我々の判断は正しかったな、と後になって兄と苦笑しつつ話したが、当の正しさはとりわけ褒められるようなものとは思われなかった。

そんな思い出があるので、年末に欠礼の葉書を受け取ると色々なことをつい考えてしまう。最近気がついたのは、その種の通知に記されている享年が九十代に達しているケースが圧倒的に多いことである。自分の父親や母親の永眠を告げる欠礼の挨拶状であればその高年齢は当然でもあろうけれど、人は長生きするようになったのだな、とあらためて感じ入る折が少なくない。

今年はしかし、例年とは少し事情の異なる挨拶状が多く見られるようである。八十歳前後の夫の永眠による欠礼の挨拶状が俄《にわか》に多くなった。おそらくは夫と似た年齢で未亡人となった女性からの欠礼挨拶である。そういえば、自分達が八十代にかかったこの一年、仕事仲間や友人、学校の同級生など似た年齢の人々の旅立ちが多かったことにあらためて気づかされる。我が世代にそんな季節が訪れたのだろう、と溜息をつくしかない。

ただ、その種の通知のほとんどは未亡人からであり、夫による妻の訃報をかねた挨拶状にはほとんど接しない。つき合いは夫との間にあったのであり、夫人とは会ったこともないケースがほとんどなのだから、それは当然でもあるだろうか。いや、平均寿命を比べれば女性のほうが男性より六年以上も長いとすれば、夫人は元気に生きているのだ、と考えるのが自然であるに違いない。

喪中欠礼の便りとなって訪れた人の名前は、住所録の記載の上に鉛筆で薄く線を引き、この人はもういない、と自分に言い聞かせる。そんなこんなで、歳末はいろいろと忙しい。

Ⅳ　転ばぬ先の前傾姿勢

八十代初頭の若さとは

年齢が八十代にかかろうとすると、さすがに長年使って来た身体のあちこちにガタが生じ、幾つかの手当ての必要に迫られた。このあたりに一つ、越すべき難所があるのだな、と頷いたものだった。

身体は別としても、八十代という年齢にはなにか特別の意味があるのだろうか、と考えることもある。

七十代の後半期には、仕事の関係であれ、他の集りのようなものであれ、ふとした機会に年齢が話題にのぼると、この中では貴方が最年長者に当る、と指摘され、冗談がらみながら、長老扱いをしようとする発言に出会って慌てたり苦笑いしたりした。

どう考えてもこちらに長老にふさわしい貫禄もなければそれらしき風格も備わっていないので、やはり長老は無理だなと皆が考えたらしかった。

長老と呼ばれる如き存在でないのは明らかだが、同じ仕事を長年続けていればそれなりの年季がはいっていることにはなるのかもしれず、永年勤続該当者くらいには見られるか、と我が身を振り返ったりもする。

ところが、八十代にはいると事情が少し変って来た。ある集りの折に、このグループの平均年齢は八十何歳かであり、ここにいる顔ぶれの中では貴方が一番若い、と世話役の人から知らされた。だから、いろいろな仕事をしっかり分担して欲しい、との下心に根ざす話ではないのか、とひそかに疑ったものだ。しかし、ここでは貴方が一番若いと教えられて、驚きはしたが決して悪い気持ちは持たなかった。七十代には、その年齢が若いと言われたことなどなかったからではなかろうか。

また別の折にもう一度、似たようなことを感じる機会があった。そこで何かの拍子に生れた年が話題となり、いずれも昭和一桁生れの人達の中で自分が一番後に生れており、つまり一番若いことに気がついた。諸先輩のほとんどは皆元気で仕事を続けられているのだから、その場で年齢が若いか否かは問題にもならないのだが、それでも自分がそこでは一番若いのだという発見は新鮮であると同時に快いものでもあった。

そして、ふとおかしなことを考えた。八十代にかかって急に若いと言われるのは、その数字の二桁目がゼロであるためではないか、と。七十代後半の二桁目は七とか八とか数が多い。それが八十代に達したとたんにゼロとなる。八十代初頭の若さとは、このゼロの輝きに負うているのではあるまいか。

振り返ってみれば、最後の桁がゼロである年齢を幾度か過してきた。はじめはただ一桁の年齢であり、これは幼年時代が中核をなす。次に十代となって思春期が訪れる。それが過ぎると二十代にはいり、成人らしい暮しが迫る。就職とか、時には結婚なども始まっている。三十代は子供の誕生とか家族生活が重くのしかかる。一桁目が四である十年は、子供の学校や親の老後の暮し方が気にかかる。五十代は自分の老後も視野にちらつき、六十代ともなれば親の世話を考えつつ自分の今後も心配だ。七十代にはようやく訪れて来た自身の老いとのつき合いにまごつきつつ、孫の成長を気にかけたり、自らの認知症を心配したり――。この時期の老いはまだ新鮮な老いともいえよう。

そしていよいよ八十代が到来する。頭につく八十の八は、ここまでよく生きて来たよ、というオホメの印であり、それに続く二桁目の数字は一から九に向けて生命の重さを積み上げていく感がある。その意味で、この十年間は他の十年間とは少し質の違ったものとなるのかもしれない。そろそろ年齢を数えることを止める時期となるのかもしれない。そんな事態に備えつつ八十代の二桁目の数字をゼロから数え始めるとしたら、この十年間は新鮮にして貴重な時間であるともいえよう。八十代は九十代やその先の三桁の数字となる年齢に比べればまだ意外に若いのだな、と思いつつ、ひとり頷いてみる。

転ばぬ先の前傾姿勢

前傾姿勢という格好がある。今にも身体が前へと跳び出して行きそうな形であり、またぐんぐんと加速して疾走する姿が目に浮かぶ。つまり、颯爽《さっそう》とした運動のイメージがそこには躍動している。

――と思っていたのだが、最近になって、待てよ、と首をひねる機会が多くなった。本当にそうだろうか、と考えているうちに、いろいろ余計な心配や疑問にぶつかるようになったからである。

たとえば、犬や猫に前傾姿勢といったものはあるのだろうか。猫は獲物に飛びかかる前に、ぐっと姿勢を低くして尻を左右に振り跳躍の準備をしたりするけれど、あれを前傾姿勢とは呼ぶまい。犬も似たようなものではないか。鳥も飛び立つ前には一度身を沈めるように低く構えてから羽ばたくかもしれないが、あの姿はやはり前傾姿勢ではないだろう。

そしてふと気づくのだが、前傾姿勢とは二足歩行の、しかも飛ぶことの出来ない生き物が示す身の動きなのではあるまいか、と。陸上競技の短距離走の選手がスタートを切る前に示す、両手を前について身を屈めるあの姿は、既に前傾姿勢であると同時に、全力疾走時の前傾の姿につながるものであるような気がする。

スポーツに特別詳しくもない者が人の姿勢について云云《うんぬん》するのにはわけがある。スポーツのような激しい身の動きとは無関係というか、むしろ対極的な場で生きていることの多い人々、つまり我が身を含めた多くの年寄りの日常生活を眺めていて、感じることがあったからである。年寄りの前傾姿勢は、どうやら普通の前傾姿勢とは異質のものがあるらしい。

一般のそれは、身を前に傾けて急ぎ発進するとか、そのための準備をはかるとか、とにかく前進のイメージを含んでいる。

それに対して年寄りの前傾姿勢は、前進よりむしろ安定を目指しているように思われてならない。そのままだと前のめりになって転んでしまうので、それを避けるために止むを得ず足を前に出そうとする。その連続が前傾姿勢へとつながっていく。いや、そのもう一つ前に、そもそも直立が困難である、という事情がある。腰が痛いために、自然に腰が落ちたような状態で歩き出さねばならない。あまり格好いいとはいえないが、ふと気がつくと、腰の痛みを防ぐために自然に前に傾く姿勢をとっている。

そうなると、次には前傾の結果として身体の重心が前へ転げ出してしまいそうになる。もともと充分にバランスの悪いがたいである。片足立ちですら覚束ないところがある。だから前進にかかろうとすると、気が急くためもあるか、つい身体の重心が前方に転がり出て姿勢が危うくなる。それを防ぐために急いで足を前に出して身を支える。なんともせかせかとした、腰だけ後ろに残るような前傾姿勢が生れてしまう。前進のための前傾ではなく、安定のための、いわば保守的な前傾姿勢である。

そうならないためにはどうすればいいだろう。急ぐことを止めて、始めからむしろ反っくり返るつもりで、ゆっくりと足を前に出すよう努める必要がありそうな気がする。実用目的としての杖ではなく、遊びの気分を味わえそうなステッキなどを突いてみるのも一興か、などと考えもする。

または、腰が曲ったり痛んだりするのは仕方がない、とそれを認めた上で、前屈みになるとしても後ろで手を組んでみたり、時には立ち止ってゆっくり腰を伸ばしてみたりするほどの、ゆとりが必要であるだろう。

外出して帰りが少し遅くなった夜、もつれかかる足をなんとか捌《さば》きつつ、転ぶことだけは防がねばならぬ、と身から転げ出しそうな重心を掬《すく》い上げるようにして歩幅を変えて足を運ぶことがある。そんな時、むかし小学校（国民学校）で教えられた「正常歩」という歩き方のあったことがふと思い出された。あれはどんなふうに歩けといわれたのだったか——。

不精を認めたい気持ち

年齢を重ねるにつれて現れる変化の一つに、〈不精《ぶしょう》〉がある。暮しの中のいろいろなことがひどく面倒になる結果、ついそれを無視したり、先延ばしにしたりして、結局は課題を果さずに逃げ出してしまう。

もっとも、××不精と呼ばれる傾向は必ずしも高年齢のために生ずるのではない。たとえば〈筆不精〉と呼ばれる傾向は、若い頃から認められる。手紙など書くことを怠り、機会を失して相手に失礼を働く結果となりがちだ。

自分にその傾向があるのを意識して気をつけはするのだが、しかし手紙や葉書を書くことがひどく億劫でならぬ折がある。書くことを自分の選んだ仕事としながら、挨拶の手紙などを書くのを面倒がるのはおかしいではないか、と家人に非難されたりする。しかし同じ万年筆を同じように握ったとしても、仕事と他の用件では事情が全く異なるのだから止むを得ない。そして歳を取るにつれ、この怠け癖は一層高まる気配がある。実をいえば、どこかでそれを容認し、仕方がないよな、と努力を諦める様子もうかがわれる。

〈出不精〉についても、似たようなことがいえそうだ。出かけてもいいし、出かけなくてもいい、といった場合には、躊躇《ちゅうちょ》なく出かけない方を選ぶ。わざわざ遠くまで出て行くのが面倒なのだ。それともう一つ、仕事が間に合わなくなる、といった事情も理由としてあげられる。これはしかし、会社勤めをしながら小説を書いていた頃の、時間の絶対的飢餓状態の記憶によるものでもあろう。少しでも時間があれば家に居て机の前に坐っていたい、と願い続けた結果、たとえば連休に子供を連れてどこかに遊びに行くことなど、容易に頭に浮かばなかった、といった事情も影響しているに違いない。その結果、〈出不精〉は必要悪として自分の中に住み着いた。

〈不精〉はしかし、あまり好ましくはない性向のようである。それは骨惜しみに通じ、なんとなく怠惰の臭いがする。
〈不精髭《ひげ》〉と呼ばれる種類の髭もあるが、これなどは非難の対象となるのだ、ということを手術のために入院した病院であらためて教えられた。術後しばらくはもちろん髭など剃れないが、リハビリのための運動に廊下を歩くように言われる頃になっても、まだ髭を剃らなかった。伸びるにつれて、白いものの多くまじった髭はそれなりの見かけを生んで、このまま伸ばしてみようか、と思うほどの形に。顔の下半分に伸び広がった。

ある日、手術でお世話になったドクターが回診に病室に現れた。手術は成功し、経過は順調であると告げた後、その髭はどうしたのか、と詰問された。面倒臭いので剃らないだけだと答えると、そんなことではいけない、と予想外に厳しい声で叱られた。もう恢復《かいふく》して元気になりつつあるのだから、だらしない格好をしないで髭くらいしっかり剃っておくように、と言われた。

だらしなく不精髭を放置している患者が、病気に甘え、病院に甘え、自身に甘えている様子が腹立たしかったのだろう。背を押して社会復帰への道を進ませようとする当の相手が、だらしない不精者に見えたのが腹立たしかったのでもあろう。なるほど、不精はよろしくないのだ、と反省して直ちに髭を剃りに洗面所に向ったものだった。

その際の不精は必ずしも年齢のせいだけではなかったように思うのだけれど、日常生活に復帰した後を振り返ってみると、やはりあちこちに不義理を重ね、怠惰を退けられず、不精は一向に克服されていない。それどころか、老いに甘えて、不精や怠惰を少しは認めてやりたい気持ちが以前より強くなっている気配もある。

折角ここまで歳を取ったのだから、少しはだらしなく、怠け者であることを認めてやりたい思いが、頭のどこかを過る日もある。

ぼやけてゆく診察日

　五十代から六十代にかけての頃は、年に一回人間ドックを訪れてチェックを受け、必要があれば専門医のもとに出かけて検査をしたり、診察を受けたりして過して来た。

　しかし七十代にはいると、そう簡単にはいかなくなった。人間ドックの指摘はより厳しく、専門医の判断も深刻なものとなって、手術を避けられぬ事態に及んだりする。

　こちらもその例に洩れず、手術を受けた後の経過をみる為に、定期的に通院する必要に迫られた。そのうち、また別の故障が発生する。すぐに処置が必要とされるわけではないが、薬の服用と経過観察が欠かせぬことを医師に告げられる。

　そんなにやかやで、専門の異なる複数の病院に出かけて検査診察をこまめに受ける次第となって日が過ぎた。珍しい事態ではなく、昨今の高齢者にとっては当り前のことであるといえよう。

病院では採血を始めとする幾つかの検査を受けた後に診察となるのだが、その際に二、三ヶ月先の、次の検査・診察日を決めて予約しておかねばならない。複数の病院に通っていると、その日がすぐやって来るような感じに迫られる。そして困るのは、予約してあるその日をこちらの都合で変更せねばならぬ場合なのである。

うっかりして、外せぬ用のある日に予約を入れてしまったのに後から気づいたり、急用が発生したり、と理由は様々だが、とにかく早く連絡して予約日を変更してもらわねばならない。

病院に電話して、予約係に変更を申し入れ、別の日の検査を受けられるよう願い出る。応対は親切で、医師の診察日とこちらの都合のいい日とを確かめてどこかに日時を変更してくれる。そこで一安心するのだが、実はその先に問題が待っている。こちらの事情に過ぎぬのだが、電話して変えてもらったその日時が次第にぼやけ、わからなくなりかけている。新しい予約日を記したつもりのメモの紙片がどこかに消えてしまったり、自分が鉛筆で走り書きした数字が判読不能で、幾通りにも読めたりして迷ってしまう。

そんな事態にぶつかって、いつも病院で渡される診察予約票なる一枚の紙がいかに重要で大切なものであったかを痛感する。従来も病院に行く日がいつであったか、ふと自信がなくなると、渡されていた診察予約票を取り出しては確認していたことに思い当る。大きなゴチック字体で「診察予約票」と書かれた葉書より二まわりほど大きな紙片は、まぎれもなく客観的な日時を明示していた。それを見て確かめておけば安心だった。年寄りが多いためか、字は大きく読みやすかった。

ところが、予約を電話で変更した場合、手もとに予約票の客観的な数字が残らない。自分が聞いたつもり、書いたつもりの、いわば主観的な日時の記録しか残らない。

すると、新しい不安に襲われる。本当にこの日でよかったのだろうか。どこかで勘違いしてはいないか。病院に行っていくら待っても名前を呼ばれず、確かめてみると〈3〉と〈8〉との数字の読み違えで、変更した検査日は来週であった、などという不幸に襲われはしないか、と心配になる。それでも、日時を記したメモの読み違えならともかく、当のメモそのものが、散らかった仕事机の周辺から忽然と消え失せたりするのだから始末が悪い。意地の悪い紙片は、どこかに身を隠して容易に出て来てはくれない。

もう一度病院に電話を入れて、少し前に変えてもらったばかりの日時を確かめ直せばいいのだが、あまりに間が抜けているようでそれも恥しい。明日、明後日のことではないのだから、少し日が経ってから確かめ直すのがいいかもしれない、と考えてとりあえず気持ちの平穏を得ようとする。身体の不具合を調べてもらう前に、患者は愚かな自分をどう扱うかについてまず苦労せねばならない。そこまで含めてのチェックが、年寄りの加齢を巡る経過観察であるのかもしれないが——。

年寄りゆえの口の軽さ

昔に比べて、なんとなく口が軽くなったような気がする。前とは変ったようだな、とふと感じる。そして変化は、自分が歳を取ったことによって生じたのかもしれない、と考えて複雑な思いに誘われる。

口が軽いとは、黙って過せばそれだけの話であり、そのほうが自然であるかもしれないのに、つい立ち止るようにして相手に言葉をかけたくなり、それを実行してしまう、というほどの意味である。したがって、この言葉が本来持つ、おしゃべりとか、秘密を洩らすといったニュアンスではなく、セルロイドの風車《かざぐるま》が僅かな風にもクルクル回ってしまう、というほどの文字通りの軽さなのである。

たとえば店で買物をする時、支払いは終って品物も受け取り、用は済んでいるのに、ふと何か一言口に出して相手に呼びかけてみたくなる。暑くなったね、とか、この時間はお客が少ないみたいだねとか——。

相手にとっては、返事をしてもしなくてもいいようなことに過ぎないだろうが、ほとんどの場合、なにか言葉を返してくれる。それをきっかけにして別の話が始まるようなことはないにしても、なにか反応があったことを確かめられれば、それに満足し、安心し、気持ちよく店を後にすることが出来る。

そんな時、ふと思い出すことがある。まだこちらが喫煙者であった頃の一時期、煙草《たばこ》の自動販売機が急に増加した。物珍しさに誘われて二、三度はコインを投入して煙草を買ってみたけれど、すぐにまた近所の煙草屋の窓口に立って店の娘さんから煙草を買うようになった。時代の流れへのつき合いであったのか、その店のすぐ右手にも自動販売機が据えられた。店のガラス窓を滑らせて煙草の銘柄を告げながら、販売機も出来たんだね、と話しかけると、その娘さんは憤然として訴えた。私がここに坐っているのに、わざわざ販売機から煙草を買うお客さんがいる、というのである。客を恨むというより、販売機に敵意を抱く様子がおかしかった。

それは前から煙草を買っていた馴染の店でのことだから、そこで言葉を交すことに不思議はない。だから、自分で口が軽くなったような気がするというのは、全く面識がない店の人にも、つい何か言ってみたくなる気分に傾くことを指している。各種自動販売機の導入が店員という存在自体を追放したり減少せしめたりすることがあったとしても、それはこちらの口の軽さと直接の関係はない。許される範囲の中で、誰かに言葉をかけたいささやかな衝動を抱き続けているだけの話に過ぎない。

振り返ってみると、さして意味もない言葉をかけてみたい衝動に誘われるのは、相手が主として女性、特に若い女性であるらしいことに気づく。もしかしたら、これは人恋しさの現れであろうか、と考えてみることもある。しかしこちらは独居老人というわけではなく、家に帰れば口やかましい家族もいるのだから、老いの孤独が原因なども言えまい。

それよりむしろ、重ねられた当方の年齢が、未知の店員などにも気軽に言葉をかける余裕を生み出すに至ったのだ、と考えるべきなのだろうか。こちらが年寄りであることによって、お互いの警戒心が緩む面もあるかもしれぬ。

年寄りなのだから、多少トンチンカンなことを言っても仕方がないとか、一言、二言なら相手をしてやってもいい、と考えることもあり得るだろう。もし足許に床の段差などあれば、そこ、気をつけて下さい、と向うから呼びかけて来る女性店員などもいるのではないか。

ある時、歩道の上で中学生くらいの女の子の乗る自転車と向き合った。なんとなくお互いがお互いの除ける方に進むような気がして歩道の中央に立ち止った。こんな時、女の子はなんと言うか、と一瞬考えた。

——どいてくれよな。

乾いた声が、呟きに近いものとなって脇をすり抜けて行った。

小さな字からの逃避

歳を取ると困ることの一つに、視力の衰えがある。聴力の問題もあるけれど、幸いに今のところ耳の方はそれなりの働きを保っているからいいけれど、視力はここ一年ほどの間に急激に変化した。

昨年の夏、左眼の視野に突然黒い影のようなものが幾つか出現し、眼科医の診察を受けると眼底出血を起している、と告げられた。必要な処置は受けたものの左側の眼による視界はぼんやりと霞み、物のおよその形は見分けられても、字を読めるような状態には戻らない。仕方がないので、反対側の片眼だけに頼る読み書きの暮しが始まった。努力すれば、前と同じようにはいかぬとしても、なんとか読んだり書いたりは可能であることが確かめられた。眼が左右に一つずつ備わり、互いに補完する働きを持つのにあらためて気づき、感謝の念を覚えた。

右眼主導の生活には不自由があるけれど、中でも困るのは字が読みにくくなったことである。読書用の眼鏡をかけ直したり、虫眼鏡をかざしたりして字と向き合うのだが、とても前のようには字が滑らかに視界にはいってこない。

新聞を読むのに苦労する。この印刷物がかくも種々の大きさの字を同時に用いていたかを知らされ、驚く気分だった。大きな見出しは片眼でも読める。それが中くらいの字になると、首を傾《かし》げたり、老眼鏡を眼の上でずらしてみたりしてやっと字の形を摑めるようになる。しかしべったりと小さな字の埋まった本文の記事は、よほど明るいところに移るか、虫眼鏡を通してでなければとても読めない。記事の面白さの多くは細部の文章によると思うのに、それを記述する字そのものが細か過ぎて読めないとしたら、謎は謎のまま残されてしまう。

新聞ほどではないにしても、雑誌もそれに似たところがある。一番ありがたいのは、比較的大きな字でゆったり組まれた単行本である。これなら明るさの具合を確かめ、本の置き方を工夫し、眼鏡を慎重に選んで臨めば、読む速さは別として、以前とさほど違いのない読書が実現することが確かめられ、ほっと息をついた。

そして次にぶつかったのが、家庭で用いるある医療用の測定器具の取扱説明書だった。ここにも新聞記事と同様細かな字を用いて種々の説明が述べられているようではあったが、比較的字の大きな表題の記述の他は、ほとんど読む気になれぬような虫の如き字の列が並んでいた。これはダメだ、と挑戦する気も失せて説明書の前から逃げ出した。

考えてみれば、医療用の測定器具に限らず家庭用の電気製品なども、取扱説明書については事情は全く同様である。必要最小限のことだけ教えてもらえれば、後は各種の器具が備えるすべての能力を知らずに過したとしてもいいではないか、と居直る気分が強くなる。もともと自分の求めたものが手に入ればそれに満足すべきであり、思ってもいなかったような便利さを教えられる喜びと、取扱説明書解読の辛い努力とを比べれば、やはり説明書は敬遠したい気持ちが先に立つ。

これは必ずしも眼が悪くなったために新しく起った不満ではなく、その前から感じていたことが、視力の弱化によって一層切実に身に迫ってきた、という話なのだろう。

そんなふうに考え直してみても、やはり不満と不安は残る。不満は求めてもいなかった多機能の開発や細かな説明の押しつけ、そのための小さな字の氾濫である。不安は、しかしこんなふうに新しい物の出現に対してただ拒否反応ばかり示しているのは、時代からの逃避であり、高齢者の怠慢であり、年寄りのモノグサではないかとの反省に基づく。

困ったな、と呟きつつ、とにかく片眼の視力がもう少し恢復してくれぬか、と今はそればかり願っている。

脱落形の老い

　ある日、午後早くに始まる会合に出るため、昼少し前に家を出た。終るのは夕刻近くになるかもしれぬので、まだ腹は減っていないのだが、何かを少し食っておいたほうがいいだろうと考え、乗り換え駅の近くのパン屋の経営するセルフサービスの店にはいった。サンドイッチの包みを盆にのせ、コーヒーのカップを受け取ってスタンドの丈の高い椅子に坐った。

　ところが、いざ食べようとすると、ミックスサンドのはいった三角形のセロファンかビニールかの包みが、どうしても開けられない。切り口があるはずだ、と思って包みをぐるぐる廻してみたが、どこにもそれらしい手がかりはない。パンを並べたショウケースの向うに立つ若い店員に、これが開けられないのだ、と包みを振ってみせた。ハイハイ、とそれを受け取った彼は、どこをどうしたのか、手品の如く一瞬のうちに包みの口を開け、笑顔とともにそれを返してくれた。手の中の包みを眺めたが、三角形の一辺が口を開いたとわかるだけで、何が起ったのかは全く摑めない。椅子に戻ってようやくサンドイッチを頰張りながら、昔はこんなふうに困ったことはなかったな、とぼんやり考えた。

かつては簡単にこなせたことが今は難しくなったとしたら、これもまた自分が老いた証拠なのだろうか——。

包みから出したミックスサンドを食べながら、待てよ、と一口コーヒーを啜《すす》った。昔はそもそも、サンドイッチをこんなふうに厳重に包装して売ることがなかった。パラフィン紙やセロファンで包むことはあったかもしれないが、密閉した感じのものは店に並んでいなかった。

としたら、変ったのはこちらではなく、相手の方ではないのか。老いたのではなく、未知の事態に出会ってこちらはただまごついたに過ぎない。初めての経験においては、どうすればよいかがわからずに立往生することは誰にもあるのではないか。

それならしかし、周囲の若い男女の中にも、当方と同様に包みを開けられずに困る客が一人や二人はいてもよさそうに思うのに、そんなことにまごつく様子の客の姿は全く見られない。おそらくこのようなサンドイッチの密封に近い包み方が特別に新しいのではなく、それは一般的な現代風の包装様式の一つに過ぎず、基本的な要領を摑んでさえいれば、応用動作として別の様々な事態にも対応し得ることになるのかもしれない。

そういえば、教えられて、へぇ、と感心したことの一つに、スイッチの〈長押し〉なるものがある。スイッチの扱いにはオンとオフの二つがあり、そのいずれかを押せばスイッチの仕事は終ると簡単に考えていたのに、どうも最近はそうとは限らないらしい。同じオンでも、スイッチを短く押すオンと、長く押し続けるオンとの間には違いがあるのだ、と知って驚いた。そもそも、電気関係のスイッチなるものに対する感覚が以前とは違って来ている。壁などに取りつけられていた電灯関係のスイッチは、パチンと音がして点灯か消灯かの働きをするのが常であり、仕事はそこで終った筈であった。

一般にスイッチは、二者択一の単純さを持つ固い反応のボタンであったのに、いつの間にかそれは指先で軽く触れるものへと変化した。スマホとか呼ばれる電子機器を扱う若い人々の滑るような指先の動きを見ていると、あれはいったい何なのだろう、と思ってしまう。

つまり、世の中は激しい速さで動いているのであり、それへの対応が老いを二種に分けているのではあるまいか。昔は出来た同じことが次第に困難となる自主的な老いと、外側の変化についていくことが不可能となる脱落形の老いと——。どちらがより深刻な老いであるか、などと考えるうちに、サンドイッチはいつか食べ終っていた。

ピンピンコロリの是非

いつの頃からか、ピンピンコロリという言葉によく出会うようになった。元気でピンピン動き廻っていた人が、突然他界してしまうことを指していうらしい。書かれたものを読むのではなく、話し言葉として「会話」の中などに出現する。ことは生の終り、つまりは死に関わる言葉でありながら、なんとなく表現全体に湿っぽい感じはなく、むしろ冗談のような明るい響きを抱いている。コロリという突然の出来事より、その直前まで続いていたピンピンの状態の方がより強い印象を与えるためだろうか。

テレビのドキュメンタリーなどに現れるオバアサン（何故かオジイサンではない）達が、元気でいつまでも手仕事が続けられていいですね、とレポーターに話しかけられ、まだまだ私達は元気だよ、と答えるオバアサンのすぐ横から、また別のオバアサンが顔を出し、私達はみんなピンピンコロリだよ、と言いながらお互いに頷き合って和やかに笑う光景を視た記憶がある。その言葉は掛け声であり、願望であり、夢であるように感じられた。

ピンピンコロリを書き言葉ふうに言い換えれば、ぽっくり信仰とでもいうことになるだろうか。原因がどのようなものであるかは別にして、とにかく突発性の異変によって俄に生を閉じるのであれば、その前の長い療養生活や寝たまま過す日々の苦痛、周囲に及ぼす影響などのことは、結果として本人は何も考えずに済む運びとなる。なにしろ突然の出来事なのだから、わけもわからぬうちに今生に別れを告げている。

ぽっくり信仰の内容については、なんの知識もないまま勝手に考えているだけなので見当違いもあるかもしれないが、ただ、残された周囲の人々の側からいえば、様々な問題がそこに突然生ずることにもなりそうな気がする。

自分の家族を中心にした身近な人々の旅立ちを振り返れば、まだ一度もぽっくり状態での急逝《きゅうせい》にぶつかったことはない。

一年近く患った後に、先の戦争末期に自宅で亡くなった祖母を始めとして、父も、母も、兄も、いずれも幾度かの入退院を繰り返した後、病院で生を終えた。つまり、子供の頃から自分が共に暮して来た家族の誰もが突然いなくなることはなく、それまでの準備期間とでもいったものが、病気とか老衰という形で前もって周囲に与えられていた。つまりピンピンであったという状態はほとんど感じられず、誰もが弛やかに坂を降《くだ》って行ったという印象の方が強い。

もちろん、看取りの世話には様々の苦労があり、しかもそれが長期に渡ったりすればそれはそれで周囲に多くの影響を与えずにおかないが、突然に居なくなってしまった、という急変の事態だけは避けることが出来る。

逆にみれば、しかしそのような迷惑を周囲に与えずに済む旅立ちこそがピンピンコロリなのだといえるのかもしれない。

あれこれ考えれば、いずれの旅立ちの形にも一長一短があり、その片方だけを絶対的に支持するという選択は不可能であるような気がする。

ただ、漠然とした印象のみを述べるとしたら、ピンピンコロリのほうが明るく陽気で、生の終りという事態そのものを元気よく受け入れる、とでもいった姿勢に爽やかさが感じられる。前にも述べたけれど、これはピンピンにウェイトが置かれ、その熱でコロリが湿っぽさや暗さから解放されているせいだろう。

考え方はいろいろあろうけれど、我が事としていえば、とりわけピンピンコロリに憧れを持ってはいない。最後にひと言の挨拶くらいはする暇《いとま》が欲しいな、と思うからである。

そもそも、この暑い夏に病院通いなどしているようでは、とてもピンピンして生きているとはいえない。つまり、前提がしっかりしていない以上、コロリも成立しないわけである。こちらに許されるのは、ピンピンコロリではなく、ベンベンゴロリとでもいったあたりか。

優先席の微妙なやり取り

電車の車輛《しゃりょう》の隅に、「優先席」と呼ばれる座席が設けられるようになってから、どのくらい経つだろう。老人や病人、障害のある人や妊婦などが、他の乗客に優先して坐れるように、との配慮のもとに生れた座席なのだろう。昔はそれと明示した老人や病人のための座席はなかったように記憶する。若く元気な人達が老人や病人に席をゆずるのはごく自然の話であり、わざわざ注意を促すまでもないことだ、と考えられていたのかもしれない。

こちらが年齢を重ね、電車の中に二十分、三十分と立ち続けねばならぬような時、この優先席の存在はありがたい。すぐ前には吊革《つりかわ》に摑まって立っている乗客がいるのに、優先席が一つ、ぽかりと誰も坐らずに空いているのを発見したりすると、吸い寄せられるように近づいてその貴重な座席に腰を下ろさせてもらう。やれ助かった、と一息つきながら、自分の坐った「優先席」を巡っていろいろ考える。

電車やバスの中での座席との関わりについては、思い出すことが多い。ある時、七十代の半ば頃だったが、知人の似た年輩の女性とともに電車に乗った。立つ乗客の多い車輛だったが、見ると「優先席」が二つ並んで空いている。私達、坐らせてもらってもいいのかしらね、と知人の女性が遠慮がちに呟いた。もちろんですよ、資格はあるでしょう、と笑いながら答えてその空席に共に坐らせてもらった。そしてふと気がついた。「優先席」の年寄りとは幾歳くらいより上の人々を指すのだろうか、と。もちろんそこにはなにか規則めいたものがあるわけではなく、常識的な判断に従えばいいのだろうが、見かけだけに頼るとしたら、微妙な問題が残らないとはいえない。

自分でも経験したことだが、電車の中で初めて子供に席を譲られた時には、ショックを受けた。俺はもうそんなに年寄りに見えたのか、と愕然とした。六十代の末頃だったろうか。同じような経験に触れながら、本気で怒っている同い年の友人もいた。

ひとを老人扱いする生意気な子供だ、と憎々しげに呟く彼に対して、それは違うだろう、まずは素直に感謝すべきではないか、と彼を窘めたり慰めたりしたものだ。しかし彼の気分だけはよくわかった。こちらにも、彼の反応に共鳴するものがない、とはいえなかったからだ。

そのようなことを思い出しているうちに、ひとに席を譲るというのは案外難しいことなのかもしれぬ、と気がついた。それなら自分は、これまでどのようにひとに席を譲って来たか、と我が身を振り返った。驚いたことに、すぐ思い浮かべられるような記憶はなかった。道義心に富んだ人間であるとは自分を考えていないけれど、困っている人に席を譲るといった行為をほとんどしたことがなかった、とは思えない。たとえそれを実行しても、車内の些細な出来事としてすぐに忘れてしまったのではあるまいか。反対に席を譲られたとしてもその都度、とりわけ深い感謝の念を覚えた、とはいえない以上、その程度の日常的なやり取りとして、さほどの関心を持たぬまま過して来たのかもしれない。

しかし、こんなことがあった。病院からの帰途、電車に乗って優先席に腰を下ろした。途中の駅から、小柄な年寄り夫婦らしき二人が乗り込んで来て前に立った。そちらも病院にでも行ったような空気を身にまとっていた。すぐにはまわりの誰も立とうとしない。席を譲るべきか、と迷った。この二人、とりわけ夫と思われる男性と自分と、どちらが歳上であろうか、と考えた。ぐずぐずするうちに、いつか二人の姿は乗客の間に紛れて見えなくなった。

反対に、こんなこともあった。乗った電車は混んでいて、優先席もふさがっているので長いシートの前に立った。正面の若くはない婦人が立ち上りながら、ここ、かけますか、私は次で降りますから、と言い残してドアの方へと歩いていった。もちろん坐らせてもらったけれど、質問されてから席を譲られるのは初めてだな、と後になって気がついた。

腕や手の衰えに慣れる

足腰を鍛える、という言葉によく接する。年齢を重ねた昨今は、足腰が衰える、という言い方を聞く機会の方が多いかもしれない。いずれにせよ、暮しの中で足や腰の担う役割の重要さに注目し、その働きをよりよく保とうとする願いから発する表現であるに違いない。

そして、自分が歳を取ってからは、足や腰の働きが身体を動かす基本動作につながるものであることをあらためて痛感する。朝起きた時に腰に痛みを感じたり、二階への階段を昇りかけて膝に異常を覚えたりするのは、心細くもあれば腹立たしくもある足腰の自覚症状である。そしてその状態は、病変であるというより加齢による現象、つまり身体の老朽として受け止められて終りになりそうな気がする。

しかし今ここで取り上げたいのは、足腰についてほどは注目されない、腕や手や指の動きについてなのである。こちらにも同様の衰えは当然訪れて来るはずなのに、何故か問題にされることが少ないように思われる。足腰を鍛える、といった掛け声はよく聞くけれど、腕や手については似たような呼びかけを耳にした覚えがあまりない。

しかし、困ったことは生じている。

たとえば、薬を吞むのが難しい。嚥下《えんげ》が困難である、といった話ではなく、吞むべき薬を用意する段階でまず躓いてしまう。

身体の不調時の診察や精密検査の結果などにより、年寄りは次第に種々の薬を吞む運びとなる。今は五種ほどの薬を服用しているが、そのすべては丸い錠剤であり、透明なプラスチックのカバーに覆われた台紙の上に一錠ずつ並んで収まっている。上からカバーごしに錠剤を押せば台紙の裏は薄いものらしく、薬は簡単に出てテーブルの上に落ちる。そこからが、しかし簡単ではない。錠剤は丸いので、ころころとどこへでも転がって行く。そして何故か、必ずといっていいほどテーブルの端から床へと落下する。坐っていた椅子をずらして相手を探そうとすると、また落したのか、と家の者に呆れられたり、注意が足りないからだ、と咎《とが》められたりする。

そうではない。いくら気をつけていても、台紙を離れた錠剤は指の間をすり抜けて床に落ちるのである。注意書きをよく読めば、一度床に落してから服用して下さい、とどこかに書かれているのではないか、と疑いたいほどである。台紙から錠剤を押し出す動作と、自由になった丸い錠剤をつまみ上げる動作とがうまく同調しない。これは手の動き、指の働きが鈍ったからに違いない。

しかし、ことは指先だけに限らない。たとえば洗面台の前に立てば、そこでも事件は起る。鏡のこちら側の脇に、化粧水や乳液、うがい薬などの瓶が並んで立っている。丈の低いものばかりならいいのだが、中にはひょろりと背が高かったり、どっしりとした大柄な容器などが含まれている。三面鏡となる正面の扉を開いて裏側の棚からカミソリやブラシや櫛《くし》などを取り出したり、それをまた棚にしまったりした腕を戻そうとする時、手前側に立っている長身の瓶の類いを勢いよく薙《な》ぎ倒してしまうのである。

ガラス製の瓶は重いので、足の指の上などに落ちたら大変、と飛びすさって難を避ける。幸いにして負傷したことはないけれど、これも錠剤を取り出す時と同様、手や腕の動きが鈍くなり、自分の思ったようには滑らかに動いてくれないからだろう。薬にしても化粧品の瓶にしても、充分に注意すればそれなりに難は避けられるのかもしれないが、日常の雑事とは本来ほとんどが無意識に運ばれるものである。だから、同じ失敗は幾度でも繰り返される。錠剤は落下し、瓶は倒れる。気をつけねば、と思うのは失敗の直後だけである。変に頭を使って神経を尖《とが》らせたり対策を講じたりするよりも、むしろ失敗に慣れる訓練をするほうがいいのかもしれない、とぼんやり考えたりする。

元気な〈未老人〉の課題

四、五年前あたりからだろうか、散歩の折に家の近所や商店街を歩いていて、もう若くはない男性の姿が急に多くなったように感じられた。

以前は若くはない女性というか、オバアサンに近い女性が自転車に乗ったり、買物用の四輪の車を押したりして元気に動き廻っている姿をよく見かけた。そんな時、すぐ脇に似た年頃の男性がついていると、そちらはあまり姿勢がよくなく、「濡れ落葉」などというかつての流行語をつい思い出したりしたものだった。その頃の若くはない一人歩きの男性は、杖を持ち、腰の曲りかけた姿勢となっていかにも老人めいた前屈みの格好でトボトボと歩く人か、あるいは反対にトレーナーの首にタオルを巻いたりしてスニーカーを履いた、いかにも運動中といった身形の人が多かった。

つまり、若くはない女性はより自然な形で元気よく動き廻っているのに対し、若くはない男性にはどことなくわざとらしい影がつきまとっていた。そして外に出ている人数は、女性のほうが男性より遥かに多いようだった。

ところがある時期から、一人でさりげなく歩く男性が多くなった。通勤の足並みとは違い、運動の速度でもなく、ごく普通に歩いている。顔を見るともう若くはないけれど、オジイサンという表現はしっくりしない。壮年と老年の間に挟まった〈未老人〉とでも呼べばよいか。

そんなことを考えていたある日、新聞の大きな見出しの字を読んで、そうだと頷いた。読売新聞の一面の見出しには「70歳代の体力最高」「『体育の日』文科省調査」との字が踊っていた。他紙にも似たような言葉が並んでいる。「握力」「上体起し」など七項目について五歳刻みでまとめた調査では、65～79歳の高齢者のテスト結果は、男女とも前年を上回る項目が多く、65～69歳の女性を除けば平均合計点は過去最高であった、という。「70代の体力はこの12年の間に5歳ほど若返った――」と報じる新聞も見られた。この調査結果には強い説得力があった。つまり、近々十年あまりのことを考える場合には、高齢者は年齢を五歳ほど差し引いた数で考える必要がある、ということとなる。つまり歳を取っても、若くて元気なのである。自分がそのあたりの年齢を過して来たばかりであるために、七十代の体力が昔に比して著しく向上していると知らされると、それだけで元気が湧いて来るような気分を覚える。

そして気張ったり力んだりせずに、涼しい顔をして歩いているもう若くはない男性達とは、この五歳ばかり若返った〈未老人〉なのだろう、と想像された。そして今や、六十代と五十代を区別するのも難しくなっているような印象を受ける。女性の年齢を見分けるのはもともと難しい仕事だが、こちらも男性と同様のことが起っているに違いない。ただ女性は以前から元気がよかったので若返りがあまり目立たなかったのだろう。

いずれにしても、昔の老人めいた枠の中に自分を押し込んで、もう年寄りだからと枯れたような真似をするより、まだ体力は五歳も若いのだから、と胸を張って歩くほうが遥かに好ましく思われる。

ただ、ひとつ気になることがある。――体力は間違いなく若返ったようだが、では知力はどうか。こちらは「握力」とか「六分間歩行の距離」などといった数量化した測定が不可能なので判定が難しい。自動車の運転免許更新時の高齢者講習における認知機能検査などが思い当るが、これは記憶力・判断力を確かめる検査に過ぎず、創造力とか、分析力とか、何かに立ち向う気力であるとかいった知の力を計ることは難しい。体力が支えなければ知力も伸びない、とはいえるにしても、知力は低下したままで体力だけが溢れている老人ばかりが増加するとしたら、それも少し困った事態となりかねない。

したがって、〈未老人〉の抱える課題は小さなものではないのである。

やり直しはもうきかない

朝から小雨の降る寒い日だった。夕刻が近づいてようやく雨もあがり、外の冷たい空気に触れたくなったので、ブルゾンを羽織って家を出た。夕暮れの散歩は運動不足を防ぎ、少しでも身体を動かして気分転換をはかる重要な日課の一つだが、今日は雨も止んだばかりで道に水もあるので、近くを少し廻る程度で帰って来よう、と考えて湿った冷気の中に踏み出した。

散歩のコースは、長・中・短と三つあり、長は一時間近く、中は三十分見当、そして短は十五分前後を歩くのだが、今回は短を更に縮小した簡易散歩にとどめよう、と考えながら、足の運びだけは遅くなるのを避けて大股に進むことを心がけた。

バス通りを横切り、電車の線路に出るあたりに、少し前から新しい道路を作る工事が始まっていたのを思い出し、どんな道が出現するかを確かめることにした。そこを廻って引き返せば、距離も簡易散歩にふさわしいものになりそうだった。

工事は予想以上に捗《はかど》り、おおよその形は整いつつあった。ただ、前からある道にぶつかる新旧の接点のあたりはまだ工事が残り、立入禁止の表示が出されている。ここを通り抜けて帰れればいいのに、と恨みがましく通行止めの札を眺めていると、背後からやって来た長身の若い男が、躊躇《ためら》いも見せずにその告知看板の下に横に渡されている上下二本の鉄パイプを跨《また》ぐ姿が目にはいった。あまりにあっさり禁を破ったのではじめは驚き、ついですぐに、こちらもああすればいいのだ、と気がついた。

若い男がその少し先にあるもう一つの通行止めの柵を越えて前からある道に出ようとしているのが目にはいると、こちらも慌てて目の前に上下二本横に渡されているパイプを跨ごうと脚を上げた。その高さが予想以上あり、パイプを越えるのが容易でないことに気がついた。脚の長さが違うのかな、と反省して前方を見ると、若い男は工事中の場所を横切って二つ目の禁止柵を越え、従来のバス通りの歩道に出て既に駅の方へと歩き始めている。

なるほど、と感心してこちらも後を追った。雨のため、工事現場に全く人影のないのが幸いだった。建築工事のための車輛が二台雨に濡れている脇の立入禁止の柵に内側から近づいた。前を歩いていた若い男の動作を追って、そこに渡されている横のパイプを跨ごうとして驚いた。高さが前のものより少し上っているらしかった。僅かの違いなのにこれを跨ぐのは難しかった。どうしてもそこまで脚の先が上らないのである。

無理に越えようとした途中でバランスを崩したら、工事中の濡れた地面に不様に横転してしまうのは間違いない。自分のその格好が目に見えた。どうすればいいか――。上下二本渡されているパイプの間隔を確かめた。しゃがんで背を丸めればなんとかその間を抜けることは出来そうだった。くぐった先がすぐに車の走る車道ではなく、歩道であることがありがたかった。

やおらしゃがみ込んで上下二本のパイプの間に頭を差し入れ、ついで膝をついて四つん這いとなって手も歩道側につき、ようやく脱出に成功した。幸いに通行人も少なく、こちらに気づいているらしい視線を感じずに済んだのはありがたかった。それにしても、立入禁止の区域から上下二本のパイプの間をすり抜けて、四つん這いで歩道に出て来る髪の白い老人の姿は、かなり奇妙なものであったろう。

だから、後になっては反省しきりなのだが、なぜかその時、前進を諦めて来た道を引き返そうとする考えが全く頭に浮かばなかったのが不思議だった。退くことを好まず、ひたすら前進のみを望んだ、などといえば格好よさそうだが、実情はそうではない。今来たばかりの同じ道を引き返すのがイヤだったのだ。だから前へ進むことを諦めたくなかっただけなのだ。

としたら、ここでの前進願望は単なる硬直に過ぎず、同じ道を引き返すだけの根気と勇気と柔軟性が枯渇した結果であるに過ぎぬのかもしれない。やり直しはもうきかない、との遠い声がどこかから届いているのかもしれない。老いるとはそういうことか、ふと考えた。

V 年齢は常に初体験

幼児の年齢、老人の年齢

人は生きている限り、増し続ける自分の年齢から自由になることが出来ない。子供でも、老人でも、その事情は同じである。ただ、生涯のこの両端は、他の時期に比して年齢の口にされる機会がとりわけ多いように思われる。

母親に抱かれているような幼児は、まだ言葉も自由ではないけれど、それでも大人は、おいくつ？　などと本人に訊ねてみずにはいられない。

すると母親は腕の中の幼児を揺すりながら、六ヶ月ですとか、もうすぐ一歳になります、などと子供にかわって答える。声をかけるのはもうあまり若くはない女性達で、自分の育児体験などを思い出し、つい声をかけたくなるのかもしれない。

母親の答えを聞いた側は、幼児の体格の良さや健やかな成長ぶりに驚いてみせ、専ら賞賛の言葉を返す。はたで聞いていても、必ずしも口先だけのお世辞とは思えない。大人に歳を訊かれながら幼児は育っていく。はじめは教えられたままに短い指を二本突き出したり、サンサイデス、などとまわらぬ舌で答えたりする。そんな場合も、質問した大人達は子供の育つ足取りに褒め言葉を返すのを常とする。

たとえば、三歳かと思われた子供は実は二歳であり、二歳かと想像された幼児はまだ一歳と少しであったりする。つまり、推定された年齢は常に実年齢より上である。そのギャップが幼児の成長の速度や体力の充実のアカシともなる。

では同じように、年齢を訊ねられたり、それが話題とされることが多い年寄りの場合はどうか。こちらは幼児のケースとは逆であり、想定年齢の少ない方が元気の現れと見られる。子供相手の際のように正面から御本人の年齢を訊ねることは多くないだろうが、口調は敬意をこめて、まだ八十代には間があるでしょう、などと確かめられることはあるだろう。そしてもし予想に反して相手が高齢であったりすると、とてもそんなお歳には見えませんね、と本当に驚いたり、時には多少のサービスを含めて若く見えるとの印象を伝えたりする。つまり、予想と現実とのギャップが、ここでは年寄りの若さ、生命力の強さの現れとして受け止められる。

若い頃はより年長に見え、老いた後はより若く見えることが望ましく、そして青春から中年、壮年といった季節にはさほど年齢が深刻な話題にはならない、といった傾向が見られるのかもしれない。ただ昨今は女性の三十代、四十代が論じられる機会も多いようだが、これは当の年代そのものの独自の充実に注目しようとする動きであるだろうから、老、幼のケースとは少し視点がずれている。

年寄り本人の自分の年齢についての意識は微妙なところがあり、簡単にはまとめられない。ただ、八十代にかかって以降、それより前とは少し違って来たところがあるように感じられる。七十代の間は、自分が幾歳であるかを意識することが多かった。ところが八十代への坂を登り切ってそこに足を踏み込むと、その年齢がすっと身から離れていくような感じが強くなった。自分のこととしてはその年齢を摑むのが難しくなった気がする。それでいて、他人の年齢が八十代にはいっていると知ると、随分長く生きたのだな、としみじみ感じてしまうのが不思議だ。自分の年齢は絶えず我が身について来るから意識しにくいのに対し、他人の年齢は客観的に眺められるからその年齢の大きさに驚いてしまったりするのか。

幼児の折には早い成長ぶりに感嘆し、歳を重ねた後は心身の衰えの進まぬことを喜ぶのだとしたら、人間とは随分自分勝手な生き物だ、といわねばならない。本当は時の流れに速いも遅いもないのだとしたら、その中で年齢をどう扱うかは意外に難しい宿題であるのかもしれぬ。停《とま》ってみなければ、結局、時というものもよくわからぬのかもしれない。当の時にまつわりついて揺れ続ける年齢なるものは、もっとわからない。

キカイ馴染まぬ喫茶店

ある日の午後、いつものように散歩に出た。これといったスポーツなどを楽しむこともない日々なので、毎日の散歩は最低の運動として不可欠の日課である。冬の間は日が落ちると気温も下がるので、あまり遅くならないうちに歩こうと努める。

そんなふうにして散歩に出かけ、幾つかのコースを組み合わせてあちこち足を運ぶうち、ふと腰の重さと咽喉《のど》の渇きを覚えた。不可欠の日課の途中であるとはいえ、それは気分転換の役割も担っているのだから、と考えて早速電車の駅に近いビルの二階にあるコーヒー店に向った。

店員が注文を取りに来るような古風な喫茶店ではなく、かといってセルフサービスの飲み物をただ買って飲むだけの散文的、機能的なチェーン店でもなく、ちょうどその中間あたりのやや散文的な傾向のある店だった。雰囲気より、むしろコーヒーの味にウェイトを置いた選択だった。ただ困ったことに、あまり広くはない店は客が混んでいて、席を見出しにくい、というケースに間々ぶつかった。

その午後がまさに困ったケースだった。カウンターでコーヒーを受け取りはしたものの空席が見当らず、店の隅に投げ遣りな感じで設けられている短いスタンドくらいしか隙間は無さそうだった。お席は大丈夫ですか、とカウンターの女性店員に確かめられたが、大丈夫、立って飲んでもいいんだから、と少しばかり格好つけたつもりで応じると、そのスタンドに歩み寄ってコーヒーのカップを置いた。腰も重いし、本当はゆっくり椅子に坐りたかったんだがな、と恨みがましい気分であらためて店内を見廻した。

坐れますよ、どうぞ、と声をかけてくれたのは、その短いスタンドの椅子にひっかかるようにして身を寄せていた老婦人だった。似た年配の連れと一緒にそこでコーヒーを飲んでいたのだが、急いで自分の脇に置いたバッグや紙袋をどけると、そこに一つの席が出現した。いいですよ、と遠慮しながらも結局はその空席に浅く腰をおろした。三人でちょうどふさがるスタンドだった。

みんな、あれやっているからね、と呟きながら婦人客は混み合っている店内を見廻した。壁に面した一人掛けの椅子の並びにも、向き合ったテーブルにも、前にパソコンを開いて熱心に液晶画面を覗き込んだり、指先を動かしたりしている若い男女の一人客が目立っていた。

パソコンを使う客が多いために、ゆっくりお茶を飲んだり午後の会話を楽しんだりする場がなくなっている、と言いたいようだった。しかし憤懣《ふんまん》やるかたないといった口振りではなく、おかしなものを眺める、とでもいった口調だった。

始めると長くなるのでしょうね、とこちらも若いパソコン客を眺めながら、相手の呟きに同調した。パソコンを使うなら別の場所を探せばいいのに、と言葉を継ごうとして慌ててそれを呑みこんだ。喫茶店で原稿を書いている、という先輩や友人、知人の顔が浮かんだからだった。最近は落着いて原稿を書けるような喫茶店がなくなった、という嘆きも聞いた覚えがある。

ペンと紙と、パソコンと、おしゃべりとは、それぞれ喫茶店の中でどんなふうに自分の場所を探しているのだろうか、と考えながらコーヒーを啜った。パソコンを使ったことのないこちらには、鉛筆や万年筆とは違い、キカイはやはりコーヒーの香りに馴染まぬのではないか、との思いが強かった。

気がつくと、隣席の婦人客は別のことを語り出していた。なぜそんな話題に移ったのかわからぬが、自分は歳を取ってしまった、と思ったらそこでおしまいになる、と熱くこちらに語り始めていた。私は八十何歳かであるのだが、今でも月に二回、フラダンスに通っている、と優美に両手を動かしてみせた。その運動は心身に若さを呼び戻してくれているらしかった。

コーヒーを飲み終り、お元気で、お先に、と挨拶して高い椅子を下りた。パソコン客は画面を覗き込んだまま、まだ誰も動かぬようだった。

何がそれほど「オックウ」なのか

日々の暮しの中で、取りたてていうほどもないようなささやかな行為を実行に移すのが、なんとなく、そしてひどく、オックウになっているのに気づくことがある。気がすすまぬとか、取り掛るのが面倒だとかいうより、もっと積極的に、何かをするのがオックウなのである。

そういう気分にぴったりのオックウという言葉はどんな漢字を書くのであったかが気にかかり、それを調べるのはオックウがらずに、机の上に置かれている国語辞典を開いてみた。

「億劫」と書く仏教語であり、きわめて長い時間のことを指す言葉である、と知る。

そこから派生して、時間が長くかかってやりきれないという意味で、面倒臭くて気がすすまぬことを指すのだ、と教えられる。

としたら、その気になって取り掛ればさしたる苦労もなしに終りそうなことなどは、とても「億劫」の対象とはなり得ないに違いない。にもかかわらず、当のささやかな行為を前にした時、面倒だとか不精だとかいう言葉を思いつく前に、まず、「オックウ」という語が頭の中に浮かんでしまう。したがってこの場合は、「億劫」と書かれるような大袈裟な語ではなく、「オッ」と詰まったすぐ後で「クウ」と息を抜くような一連の発音が、なんとなく立ち止ってそのまま何もしないで立っているようなあの気分に、ぴったり合ってしまうわけである。

では何がそんなに億劫なのか。

様々な些事が対象となるが、本や雑誌、地図その他の資料の整理などは重量級の仕事である。何年も経つうちに紙の色も変ってしまったような古いものがただ積み上げられたり、紐《ひも》で縛られたり、提げ袋に収められたりして部屋のあちこちに散らばっている。少しずつそれを調べて不要な品を整理し、必要な物だけを残して他は処分すればいいのだが、どうしてもそれに手をつけるのが億劫だ。これにはしかし無理もない面もある。長く保存されていた物は埃にまみれており、それを扱うにはこちらの衣服の汚れや、肌への影響などを考えなければならない。

また書籍などが対象であれば、積んだり、上げ下ろし、移動などに際してはかなりの体力を必要とする。しかも年齢を重ねて身体のバランスが悪くなっているので、本を手にしたままよろけたり、転んだりするし、長く同じ姿勢でしゃがみ込んだりするうちに立ち上るのが困難となり、また翌日になって腰の痛みに襲われたりもする。つまり、それらの仕事は些事というより、むしろ立派な心身の労働なのだから、それを前にして気持ちが挫《くじ》け、尻込みが起ったりしてなんとかその場を逃げ出そうとするのは当然である。それらの作業に手をつけるのは困難なのであり、恐ろしいことに近づくわけだから、なんとかしてその事態から逃げようとする。ことはオックウどころではないのである。

ここで考えているオックウとは、その種のことではなく、本当にササヤカな、至極簡単な、たわいもないことなのである。たとえば、葉書を一通書くとか、電池を入れておく箱を変えるとか、歯の擦り減ってしまった下駄を捨てるとか、玄関に出したままの雪掻き用のシャベルを物置きにしまうとか、そんな単純なことを実行するのが、なんともオックウなのである。

他人からその種の頼みを受ければ、わかった、そのうちやるよ、と答えてそのまま放置する。無視するのではない。忌避するのでもない。忘れるのでもない。

なぜか、オックウなのである。簡単に出来てしまいそうなことほど、オックウなのである。やらねばならぬことを、ほとんど無意識のうちにひたすら先送りしようとしているかのようである。

なぜすぐに手をつけず、面倒だという気持ちもはっきりしないままに先送りばかりしているのか、と自分でも訝《いぶか》しく感じる。昔はこんなことはなかった、とも思う。としたら、これは歳を重ねたことによる単なる気力の衰えか。それとも億劫そのものを味わおうとする年齢相応の怠惰への憧れか。

#「失敗する自分」が見える

最近、シマッタッ、と思うことが頓《とみ》に多くなった。ただそう思うだけではなく、実際に失敗を繰り返している。さほど深刻な事態には至らないけれど、しかし前はこんなふうではなかった、と我が身を振り返ったりすると、年齢の重さを考えぬわけにはいかぬ思いに迫られる。

たとえば、夜中にトイレの手を洗う水道の栓を締め忘れ、一晩中水がチョロチョロと流れ続ける。戸締りの点検は最後に寝るこちらの役目なのだが、朝起きるとあそこの鍵がかかっていなかったとか、窓のカーテンはしまっていたけれどシャッターはおろし忘れていた、などと注意を受ける。

はじめは、こちらにそのあたりの記憶がないのだから、そんなことはあり得ない、と反論していたが、同じことがあまり重なると次第に自信がなくなって来る。無意識のうちに同じ過ちを繰り返しているのだとしたら、これは相当に気をつけて暮さねばならない、と反省する気分に迫られる。

他人に知られずに、内輪のこととして自分で密かに処理する失敗の数もまた少なくない。家の中で廊下の角を曲る時や部屋に出入りする時、身体の切れが鈍くやたらに肩を柱や壁にぶつけてしまう日がある。

また玄関で靴がうまく脱げず、上り口に転がりそうになったり、土足のまま板の間に上ってしまったりもする。あちこちに物を置き忘れて探しまわるのに疲れたり、何か用があるので急いで二階に昇ったものの、行ってみると肝心の用が何であったかわからなくなっている。

そんなことが重なるのに気づくと、こういうふうにして歳を積むうち、次第に身体も動きにくくなり、頭も鈍くなって老いが煮詰まって来るのだろうか、と考え心細くなる。しかし、そこでふと立ち止る気分になる。この困った事態の中に、予想外の何か面白いものが隠されているのではないか、との思いが頭の奥を過るからだ。

たとえば、こんなことがあった。ある日、駅近くのスーパーマーケットまで買物に出かけた家人が、荷物が重くなってしまったので、店に配達を頼んで帰って来た。やがて軽トラックが家の前に停り、中年の男性店員が大きなビニールの袋に入れた買物の品を届けてくれた。足の先で袋を押してみても動きもしないほどずっしり重い荷物だった。

しばらくは、袋は玄関の上り口に置かれたままだった。

しかし放置するわけにはいかないのだから、買物の品は台所かパントリーに運ぶしかあるまい、と見当をつけた。どうやら瓶の類いが多いために重いようである。

そこで荷物の一部を袋から出し、少しずつダイニングルームまで運ぶことにした。その先の整理はこちらには出来ないが、とにかく買った品をテーブルや椅子の上まで移せば後の仕事は楽になる、と予想した。

幾度かに分けて荷物を運び、袋の中で更に小さい提げ袋にはいった二、三本の瓶をとりあえず椅子の上に置いた。袋が傾いて椅子から落ちそうになった。慌てて手をそえて瓶を支えた。袋の中で瓶が滑って傾いた。このまま落ちれば割れるかな、と危ぶんだ。下は木張りの床だし、椅子の高さはさしてないのだからまさか割れることはないだろう、と予測した。と同時に、袋から滑り出て床に落ち、底が抜けて中身のこぼれ出てしまう油のような液体の姿がはっきり目に映った——。

次の瞬間、本当に瓶は割れ、はいっていたウルトラバージン・オリーヴオイルは床に静かに広がっていた。あたかも、既視感の逆のような現象に襲われた。これから起ることが前もってまざまざと見えてしまったのである。

そして気がつけば、自分の失敗は前もって見えていることが多かった。転んでいる自分、何かにぶつかっている自分の姿は、その直前にはっきり見えていた。とすれば……と更に考えを追い始め、いや、ここから先を深追いするのはもう止めよう、とそっと目を閉じた。

新たな稔りを期待するよりも

十五年勤めた会社を辞めて筆一本の暮しにはいり、少し経った頃だった。ある先輩作家と話している時に、こんなことを言われた。

——仕事はいつも無理をしてやるつもりでいなければいけない。自分に出来そうな楽な仕事ばかりこなしていたのではだめだ。苦しくても背伸びしてなんとか高い目標に手を伸ばし、その課題を成し遂げるように努めるべきだ。それは仕事の種類とか質といったことにだけ関わる問題ではなく、仕事の量についても同じだ。とても自分には無理だと思われることにぶつかり、その中でもがくうちに、なんとかなっていくものだ。

あらたまった忠告とか教えといった感じではなく、雑談のうちに挟まれたさりげない言葉だったが、いつまでも身の底に残ったというより、時が経つにつれてより強い光を放ち始める言葉のように思われた。

そして、仕事は無理をして進めるものだ、との考えのうちから、さして関心もなく自分には無縁のように感じられていたことにも、求められれば手を拡げて挑む姿勢が生れた。若いうちに取り組んだものは、将来思わぬ形で何かをもたらしてくれるかもしれぬ、と想像した。少なくとも小賢しい選択をして無駄を省き、心身を清潔に保とうなどとするよりも、雑然とした雰囲気に身を浸して何かを求めうろうろするほうが、より豊かな日々であるような気がした。

こうして、仕事とは無理をして遂行するものだ、との認識に基づいて、ひたすら前進しようとする意志と、間口を開いて様々なものを取り入れようとする考えとが生れ育った。それが実際にどれほどの成果をあげたかは覚束ない限りだが、とにかく自分なりに納得してここまで歩んで来た、とはいえる。

しかし、それから五十年に近い月日が過ぎ、年齢が八十歳を過ぎる頃から、なんとなく事情が変って来るのを感じるようになった。

ひとつには、心身の老化によるためか、仕事の速度が遅くなり、以前には一日で書けたような短い原稿に、二日も三日もかかることがある。その時間を考えに入れておかないと、原稿の締切りに間に合わないだけではなく、焦ったり混乱したりして、当の課題をこなすことが困難になりかねない。だから昨今は、仕事の量に関して慎重にならざるを得ない。無理を承知で高い目標に手を伸ばそうとするよりも、この程度なら今の自分にもなんとかこなせるだろう、と足場を確かめることの方が、より緊急かつ不可欠な手続となる。

その条件の中でももちろん、無理をすることと楽に傾くこととの違いはあるのだから、楽ばかりを択《えら》んでいるわけではない。ただ駆け回るグラウンドの広さが前と比べて狭くなっている。残念ながらこれは客観的な事実なので認めざるを得ない。

もう一つの問題は、仕事の間口である。かつては、思い切り扉を開いて、自分には向いていないような仕事であっても、機会を与えられれば積極的にそれを受け入れ取り組むことを原則とした。あまり役に立たぬように感じられたことも、その経験が将来別の場で意外な働きをするかもしれない。その可能性を考えて、いわば将来のために当の課題に挑んでみよう。そういう努力がやがて仕事の豊かさとして稔《みの》る時がないとも限らない——。

そして、ふと気がついた。将来とはいつのことか。どれ程の月日がそこに用意されているのか、と。

それは扉を開いて間口を大きくし、来るものを拒まず、と構えていた歳月に比し、著しく短い月日でしかあるまい。そこに何かの新しい稔りを期待する余地など、ほとんど残っていないのではあるまいか。今まで間口を拡げようとして来た努力が何を生んだかを検証する必要はあるとしても、これから先にまた新しい稔りを期待するのは無理だろう。ここまでの総《すべ》ての蓄積がこの先の仕事をどこまで進める力として働くか、それを確かめることが今や残された宿題であるような気がする。

古い資料は時間の肖像

子供の頃から、物を捨てるのは得意ではなかった。反対に、路上や原っぱからおかしな物を拾って帰り、大事にとっておくことが多かった。

その結果、がらくたに類する品々が溜ってしまう事態は避けようもない。しまっておく場所がなくなったり、引越しなどが起ると、止むを得ずにそれらの品々――ずっしり重いボルトやナット、ピンのなくなったバッジや明るい色のボタン、正体不明の機械の部品らしき金属――等は、捨てられることになったのだろう。

それはともかく、今や幼年時代の対極に位置する年齢に達した昨今、昔と似たようなことに出合うのに気づくことがある。つまり、物を捨てるのが下手であるために、印刷物を中心とする様々の紙類が仕事部屋の壁面に作られた書棚を溢れて床に積まれ、書庫までが足の踏み場もない状態に近づいている。いざ仕事にかかろうとしてなにげなく周囲を見廻した時、このままではいかんな、と溜息まじりの呟きを重ねるようになった。

書籍の形をとっているものは内容の見当がつくので要・不要の判断がつけやすいが、印刷物や切り抜きを収めるようなファイル、コピーの束などになると、その正体は簡単には摑めない。

三十代でまだ会社に勤めていた頃、技術系出身で整理好きの上司から、半年の間に一度も必要ではなかった資料は、実際に不要なのだから直ちに破棄せよ、とよく言われた。指示の当否は別として、その命令には従わなかった。日数に基づくあまりにドライな判断に反発を覚えたからだったろう。

会社の業務はそのような考え方によって進められてもいいのかもしれないが、文筆業といった個人的な仕事の場合には、使われなかった日数などという数量的な要素のみを要・不要の判断に用いるのは難しい。

本の扱いに関しては、かなり前に自分なりの結論を出した。それは、実際の仕事上の要・不要を本の保存の条件にするのではなく、自分が当の本と一緒に暮したいと願うかどうかを判断の決め手にしよう、とするものだった。

手離した本がないために困った、という記憶はほとんどない。そのかわり、あの本はとってあったかな、と朧気《おぼろげ》な記憶を頼りに苦労して狭い書庫の奥まで進み、棚の隅などにひっそりと立っている相手を見出した時の再会の喜びは大きい。ああ、そこに居てくれたんだ、と思わず相手を抱きしめたい気持ちに襲われる。

しかし、形も量も種々にわたる資料類の整理は簡単ではない。そのため、こちらのほうには容易に手がつけられない。

それでも、ある日ようやく決心して、仕事部屋の書棚の一番下に押し込んで長年放置したままだった、大形の紙袋の一つを開けてみることにした。かつては捨てられなかったとしても、何十年か経った今なら処分が可能であるかもしれない。あそこが空けば、床に積んである書物を一部収められるかもしれない——。

埃にまみれた紙袋から現れたのは、二十代から三十代にかけて会社勤めをしていた時期の、原価計算の参考資料として渡されていた、自動車部品の図面であったり、なにかを計算した表であったり、レポートの下書きであったりした。まだ若かった自分が袋の中で身動《みじろ》ぎし、そこで起った風が袋の底から顔に吹きつけて来るのが感じられた。これは捨てられない、と思った。最早これらの資料を仕事に使うことはあり得ないが、これは身近に置いておかねばならぬものだ、と悟った。

何十年ぶりかに出合った資料を前にして、もう少し自分が若ければ、こんなふうに衝撃を受けることはなかったろう、と考えた。そして歳を取るということは、周囲に存在するものとの関係を再発見し、それを再構築することであるのかもしれぬ、とあらためて考えた。保存した本人がいなくなれば、それはただ紙の束に過ぎぬものに変るのだろうが、当人がまだ生きて動いている限り、それらは二重にも三重にも変る光を受けて輝く、時間の肖像の如きものではないか、と考えてまたその大形の紙袋を書棚の一番下の段に押し込んだ。

年齢は常に初体験

老いるとは、自分の年齢と折合いをつけることではないか、と考えるようになった。振り返ってみると、どうやら自分が八十代に足を踏み込んでから、そんな考えが芽生え、育って来たように思われる。としたら、以前は年齢の数字そのものについての自覚と自らの気分との間に、さほどの乖離《かいり》はなかったのかもしれない。

もう五十になった、知らぬ間に六十を越えた、と驚きながら人は歳を取っていく。はじめは冗談のようにそう呟き、笑いながら同じ言葉を繰り返すうちに、いつか年齢の数字は身に染み込み、背丈に合ったものとしてその人の暮しを支えていくことになる。

かつてある人が、自分は最近七十歳に達したが、その年齢とどんなふうにつき合っていけばいいのかがわからない、と呟くのを聞いた。似たような体験がこちらにもあったために、その言葉に深く共鳴せざるを得なかった。考えてみれば、年齢というものは常に初体験なのである。一年の間は便宜上の区切りによって同じ歳だと呼べたとしても、何年何ヶ月、何日生きて来たかに着目すれば、現在とはその先に延びていく時間なのであり、これは常に新しい体験を孕んでいる。たとえ同じことの繰り返しに過ぎぬ日常生活であると見えたとしても、どこかの先に恐ろしいことが待ち構えていないとは限らない。いや、一つだけは未知の出来事が必ず人を待っている。

とすれば、年齢とは逆行を許されぬ流動的なものなのであり、人は常にその動きにのって生きていくのだから、時としてそこに違和の感覚や齟齬《そご》の感触が生ずるのは止むを得ない。だから、新しい年齢を与えられた人が、形もはっきりしない熱い物体でもいきなり手渡されたかのように、慌てたり、まごついたり、途方に暮れたりしたとしても、それは当然であるといえよう。つまり、自分の年齢と気分との間には常になにがしかの食い違いがあり、それを埋めることが生きるという仕事であるのだ、ともいえるのかもしれない。

それが年齢という数字による客観的表現と、当人の気分という曖昧な主観的表現との基本的な関係であるものと思われる。そして年齢と折合いをつけるとは、この両者間の距離をなるべく近づけようとする努力のことなのである。

だから、八十代にかかってから自分の年齢と折合いをつけねば、と殊更に考えるようになったとしたら、それは自分の年齢と気分とを少しでも近づけようとしていることを意味する。

八十代にかかって二年も過ぎた今だからそう思えるのかもしれないが、振り返ってみれば、七十代の間は年齢と気分との乖離は比較的小さかったように感じられる。

——自分はいささか老いて来た。六十代のようには様々な無理がきかなくなっている。いざとなったらそれでもまだかなりの力を隠し持ってはいるつもりだが、今はもうそれを表には出さぬほうがよい。七十代の顔が自分にはふさわしい、とそれなりに納得することが出来る。とりあえずこれが老人らしい老人の姿である、と主張出来そうな気がする。

ところが、八十代にはいると、七十代のようにおっとり構えているわけにはいかない。体力の衰えは一段と進んで平衡感覚は失われ、よろけたり、転んだりするのは珍しいこととはいえなくなっている。つまり、老いの自覚は充分に進み、今や七十代の如きゆとりは失われている。

にもかかわらず、である。にもかかわらず、自分の中にある八十代の男のイメージは完全な老人であり、それはどこか自分にはふさわしくないような気がする。年齢を訊ねられ、八十二歳になりましたと答え、もし相手がそんなお歳にはとても見えませんとでも応じてくれたとしたら、そのサービス精神溢れた対応にのって、ね、そうでしょう、貴方もそう思うでしょう、などと意気込んで賛成しかねない。七十代は過ぎたとしても、八十代にはまだ少し間がある、といった新しい透明な年齢のゾーンでもどこかにあるのではないか、と周囲を見廻してみたい気分が強い。

品の良い居眠りは文化

「寝る子は育つ」という言葉がある。諺《ことわざ》と呼ぶほどの教訓や風刺を備えたものではなく、金言と考えるほどの密度を持つ語句でもない。もっと自然に、日常の暮しの中から滲み出たような言葉である。泣いてばかりいて親を困らせるような赤ん坊ではなく、乳を飲めばすぐすやすやと眠ってしまうような幼児は親にとってもありがたい。そしてそんな子は、癇症《かんしょう》な赤ん坊よりも元気にすくすくと育つに違いない、との願望を孕《はら》んだ気持ちがその短い語句にはこめられているに違いない。

といった当り前のことをあらためて考えてみようと思ったのは、それなら、よく寝る年寄りはどうなるか、が気になったからである。子供はよく寝ることによってよく育つのであろうけれど、では年寄りはよく寝るとその先どうなるのか――。今更育つ余地は残っていないのだから、せいぜい老化の速度が鈍るとか、病気にかかるケースが減る、といったあたりで満足しなければならぬのか。

振り返ってみると、ここ幾年かの間に、急によく寝るようになった。夜間の睡眠のことではない。昼間の居眠りの話である。

中学生の頃から、電車の中では本を読むことに決めていた。これは前にも書いたことだが、車中で読むつもりであった本を忘れて出かけたことに気がつくと、家までそれを取りに戻ったりしたこともあった。

ところが、七十代の後半あたりからか、車中の読書が難しくなった。ひとつには視力の衰えもあるかもしれないが、若い人に席を譲られたりして「優先席」に坐ると、必ずといっていいほど居眠りが始まり、膝の上に開いていた筈の本を床に落すようになった。当初から読書を諦めて眼を閉じていれば、駅が幾つか過ぎるうちに必ずシートの上で居眠りするようになった。

ことは電車の中だけに限らない。食事を摂《と》って腹がふくらんだ後は、また必ず眠くなる。本を読んでいても、気合いを入れて机に向った上で読み始めるような場合をのぞけば、少し難解な書物など開けば必ず睡魔に襲われる。

夜の眠る時間が足りないとは思えない。だから、夜間の睡眠を補完するために居眠りするのではないらしい。昼間の居眠りには、それなりの自発性と独自の必然性が備わっているとしか思えない。

そして更にいえば、そこには自然のうちに培われた居眠りの技術というか、洗練の気配さえ漂うのが感じられる。

少し前のある時、五、六人の少人数で何かを相談する小さな会議のような席があった。出席者はいずれも年配の、八十歳前後の人ばかりである。話し合いが始まって少し経つと、隣の出席者が急に沈黙して顔を深く伏せ、静かな呼吸を繰り返していることに気がついた。明らかに居眠りを始めている。こんな少人数の集りでよく眠れるものだ、と感心していると、やがて身動したその人が発言するのを聞いて驚いた。そこでの議論の的を外すことなく、むしろ相談をまとめる上でまことに当を得た意見を述べたからだ。先刻の沈黙は実は居眠りではなく、深く考えるための姿勢であったか、とも想像してみようとしたが、あの状態はやはり居眠りであったろう、との思いは消えなかった。そしてあんなふうに品良く居眠り出来るのは、一つの文化なのではあるまいか、との感想を抱かざるを得なかった。若い人にはあのような真似は決して出来ないだろう、とも感じた。

総じて、老いた人は若い人より居眠りすることが多い。そしておそらく、居眠りの時間も長いだろう。前に年寄りの居眠りについて考えた時、老人がそれほどよく居眠りするのは、若い頃の不摂生や寝不足のつけが回って来たためではないか、と書いた覚えがあるが、今はその原因より、こんなによく眠る老人の今後が気にかかる。

あまりによく眠ったら、その先の眠りの時間がなくなってしまったり、目を覚ますことを忘れてしまったりはしないか、と気にかかる。

あとがき

この新書は、読売新聞夕刊に「時のかくれん坊」というタイトルで月一回寄稿し、今も書き続けている、現代の老いをテーマにした随想の五十六回分をまとめたものである。連載開始（二〇〇五年）からほぼ五年分をまとめてこの新書で「老いのかたち」（二〇一〇年）を刊行したが、本書「老いの味わい」はその続篇にあたる次のほぼ五年分（五十六回分）を収めている。

筆者の年齢でいえば、七十八歳から八十二歳にかけての日々の暮しの中で老いについて感じたこと、気がついたこと、考えたことなどを、現在進行形で綴ったことになる。前書「老いのかたち」が七十代の文章であったのに対し、その後の八十代にかけての歳月に記された本書の文章が、歳を取るにつれてどのように変るかを観察することも必要な作業なのかもしれないが、さほど露骨な変化はまだ見られぬような気がする。

ただ、同じような主題の繰り返しが現れる傾向には気をつけねばならぬ、と自戒する。

たとえば、本書〈I〉の章に収められている「老いた住所録の引越し」と、〈III〉にある「古い住所録は生の軌跡」は、共にアドレスブックを扱っている。そのテーマについてもう少し考えてみたいと思ううち、これは短篇小説によりふさわしい主題ではないか、と気がついた。たまたま機会を与えられたので、「紙の家」と題した短い小説を「文學界」(二〇一四年三月号)に書くに至った。この随想が肩肘張った文章ではないだけに、書く楽しみもここには隠れているのかもしれない、と気がついた。

前書と同じく、この新書がまとまるまでに読売新聞文化部の待田晋哉氏、中央公論新社新書編集部の田中正敏氏にいろいろお世話になったことを、謝意をこめて記しておかねばならない。

二〇一四年九月

黒井千次

本書は「読売新聞」夕刊連載「時のかくれん坊」を書籍化したものです。Ⅰ章は二〇一〇年、Ⅱ章は二〇一一年、Ⅲ章は二〇一二年、Ⅳ章は二〇一三年、Ⅴ章は二〇一四年（八月まで）の連載をそれぞれ発表された月の順に収めました。なお、一部加筆修正を行い、タイトルを変更しています。

黒井千次（くろい・せんじ）

1932年（昭和7年）東京生まれ．55年東京大学経済学部卒業後，富士重工業に入社．70年より文筆生活に入る．69年『時間』で芸術選奨新人賞，84年『群棲』で第20回谷崎潤一郎賞，94年『カーテンコール』で第46回読売文学賞（小説部門），2001年『羽根と翼』で第42回毎日芸術賞，06年『一日 夢の柵』で第59回野間文芸賞をそれぞれ受賞．

著書『時間』（講談社文芸文庫）
『働くということ』（講談社現代新書）
『群棲』（講談社文芸文庫）
『カーテンコール』（講談社文庫）
『羽根と翼』（講談社）
『一日 夢の柵』（講談社文芸文庫）
『高く手を振る日』（新潮文庫）
『流砂』（講談社）
『枝の家』（文藝春秋）
『老いのかたち』（中公新書）
『老いのゆくえ』（中公新書）
『老いの深み』（中公新書）
ほか多数

老《お》いの味《あじ》わい
中公新書 *2289*

2014年10月25日初版
2024年10月20日 6 版

著　者　黒井千次
発行者　安部順一

本文印刷　三晃印刷
カバー印刷　大熊整美堂
製　　本　小泉製本

発行所　中央公論新社
〒100-8152
東京都千代田区大手町 1-7-1
電話　販売 03-5299-1730
　　　編集 03-5299-1830
URL https://www.chuko.co.jp/

Published by CHUOKORON-SHINSHA, INC.
Printed in Japan　ISBN978-4-12-102289-9 C1295

中公新書刊行のことば

一九六二年一一月

いまからちょうど五世紀まえ、グーテンベルクが近代印刷術を発明したとき、書物の大量生産は潜在的可能性を獲得し、いまからちょうど一世紀まえ、世界のおもな文明国で義務教育制度が採用されたとき、書物の大量需要の潜在性が形成された。この二つの潜在性がはげしく現実化したのが現代である。

いまや、書物によって視野を拡大し、変りゆく世界に豊かに対応しようとする強い要求を私たちは抑えることができない。この要求にこたえる義務を、今日の書物は背負っている。だが、その義務は、たんに専門的知識の通俗化をはかることによって果たされるものでもなく、通俗的好奇心にうったえて、いたずらに発行部数の巨大さを誇ることによって果たされるものでもない。現代を真摯に生きようとする読者に、真に知るに価いする知識だけを選びだして提供すること、これが中公新書の最大の目標である。

私たちは、知識として錯覚しているものによってしばしば動かされ、裏切られる。私たちは、作為によってあたえられた知識のうえに生きることがあまりに多く、ゆるぎない事実を通して思索することがあまりにすくない。中公新書が、その一貫した特色として自らに課すものは、この事実のみの持つ無条件の説得力を発揮させることである。現代にあらたな意味を投げかけるべく待機している過去の歴史的事実もまた、中公新書によって数多く発掘されるであろう。

中公新書は、現代を自らの眼で見つめようとする、逞しい知的な読者の活力となることを欲している。

宗教・倫理

b1

中公新書

言語・文学・エッセイ

j 1

中公新書

言語・文学・エッセイ

j2

中公新書

芸術

k1

- 2072 日本的感性　佐々木健一
- 1296 美の構成学　三井秀樹
- 1741 美学への招待（増補版）　佐々木健一
- 2713 「美味しい」とは何か　源河　亨
- 2764 教養としての建築入門　坂牛　卓
- 1220 書とはどういう芸術か　石川九楊
- 118 フィレンツェ　高階秀爾
- 2771 カラー版 美術の愉しみ方　山梨俊夫
- 385・386 カラー版 近代絵画史（増補版）（上下）　高階秀爾
- 2718 カラー版 キリスト教美術史　瀧口美香
- 1781 マグダラのマリア　岡田温司
- 2188 アダムとイヴ　岡田温司
- 2369 天使とは何か　岡田温司
- 2708 最後の審判　岡田温司
- 2614 カラー版 ラファエロ—ルネサンスの天才芸術家　深田麻里亜
- 2776 バロック美術　宮下規久朗
- 2292 カラー版 ゴッホ〈自画像〉紀行　木下長宏
- 2513 カラー版 日本画の歴史 近代篇　草薙奈津子
- 2514 カラー版 日本画の歴史 現代篇　草薙奈津子
- 2478 カラー版 横山大観　古田　亮
- 1827 カラー版 絵の教室　安野光雅
- 2562 現代美術史　山本浩貴
- 1103 モーツァルト　H・C・ロビンズ・ランドン　石井　宏訳
- 1585 オペラの運命　岡田暁生
- 1816 西洋音楽史　岡田暁生
- 2630 現代音楽史　沼野雄司
- 2009 音楽の聴き方　岡田暁生
- 2606 音楽の危機　岡田暁生
- 2745 バレエの世界史　海野　敏
- 2702 ミュージカルの歴史　宮本直美
- 2395 ショパン・コンクール　青柳いづみこ
- 1854 映画館と観客の文化史　加藤幹郎
- 2569 古関裕而—流行作曲家と激動の昭和　刑部芳則
- 2818 昭和歌謡史　刑部芳則
- 2694 日本アニメ史　津堅信之
- 2247・2248 日本写真史（上下）　鳥原　学

中公新書

社会・生活

11

- 2484 社会学　加藤秀俊
- 1242 社会学講義　富永健一
- 1910 人口学への招待　河野稠果
- 2282 地方消滅　増田寛也編著
- 2333 地方消滅 創生戦略篇　増田寛也　冨山和彦
- 2715 縛られる日本人　メアリー・C・ブリントン　池村千秋訳
- 2794 流出する日本人―海外移住の光と影　大石奈々
- 2580 移民と日本社会　永吉希久子
- 2454 人口減少と社会保障　山崎史郎
- 2446 人口減少時代の土地問題　吉原祥子
- 2607 アジアの国民感情　園田茂人
- 1479 安心社会から信頼社会へ　山岸俊男
- 2322 仕事と家族　筒井淳也
- 2768 ジェンダー格差　牧野百恵
- 2737 不倫―実証分析が示す全貌　五十嵐彰　迫田さやか

- 2431 定年後　楠木新
- 2486 定年準備　楠木新
- 2577 定年後のお金　楠木新
- 2704 転身力　楠木新
- 2632 男が介護する　津止正敏
- 2488 ヤングケアラー―介護を担う子ども・若者の現実　澁谷智子
- 2809 NPOとは何か　宮垣元
- 2138 ソーシャル・キャピタル入門　稲葉陽二
- 2184 コミュニティデザインの時代　山崎亮
- 1537 不平等社会日本　佐藤俊樹
- 2489 リサイクルと世界経済　小島道一
- 2604 SDGs（持続可能な開発目標）　蟹江憲史

中公新書

地域・文化・紀行

t1